MADRID COM D

simon widman

Aos meus pais, Raquel e Peter.

Madrid com d

O olfato é o mais excitante dos nossos sentidos. Das mulheres que amei em minha vida, das que amei sem ter possuído e das outras tantas que possuí sem ter amado, as lembranças mais fortes ficaram marcadas na memória das minhas narinas. De muitas nem lembro o nome, de onde eram ou de qualquer sinal de seu corpo. Mas os cheiros da pele, do cabelo, de seu sexo, do lugar dos nossos encontros, esses não esqueço. Não me peçam para falar dos meus amores em ordem cronológica ou alfabética. Mas posso fazer descrições minuciosas das noites que passei excitado pelo cheiro da pele suada, do hálito de álcool ou dos lençóis que nos cobriam e exalavam o rústico aroma do 'almidón'.

Ela podia não ser bonita ou sensual. Mas se nos encontrássemos a sós embriagados pelo paradisíaco aroma da maresia ou numa rua deserta tomada pelo selvagem cheiro do *ar frio que Montevidéu exala no inverno, se tornava irresistível. Como não se render a uma fêmea envolta naquelas voláteis partículas que formam a pura essência do desejo?*

Elvira leu aquele trecho inicial do livro de Sebastián F. Milies de um fôlego só. E ao fechar o livro o aproximou das narinas. Sentiu o cheiro de papel e de tinta, imitando sem perceber o gesto que observara tantas vezes seu pai fazer ao abrir o jornal. Hábito de velho jornalista, também comum entre ratos de livraria e antigos gráficos. Mesmo escrito em espanhol, entendera quase tudo. Só precisou recorrer a um dicionário para traduzir a palavra 'almidón' e soube que o autor se referia ao amido usado para engomar roupas e lençóis brancos. "Esse velhinho deve ter sido um dom Juan na juventude", pensou, enquanto tentava imaginar qual seria o cheiro daquele produto barato, fora de uso.

O livro lhe caiu acidentalmente nas mãos. "Vou de férias ao Uruguai", comentou com o vizinho de mesa na redação. O diálogo foi interceptado por seu chefe, que estava quebrando a cabeça para atender – ou recusar com um bom argumento – um pedido feito pelo dono da revista. Sebastián Milies era, possivelmente, o mais popular escritor vivo do Uruguai e um dos mais vendidos nos países de língua hispânica. O dono da revista lera vários livros dele em espanhol e havia sugerido ao editor que fizessem uma matéria especial sobre o escritor uruguaio para resgatar o reconhecimento que os leitores brasileiros sempre lhe negaram por desinteresse ou negligência das editoras de língua portuguesa. Quando recebeu o *e-mail* do dono da revista sugerindo essa reportagem, Cláudio Neves fez uma busca no Google antes de dar qualquer resposta. Apesar de seu vasto e eclético conhecimento literário, jamais havia lido qualquer obra dele. Nem mesmo tinha certeza sobre a sua nacionalidade.

— Boa ideia. Vamos estudar se conseguimos mandar alguém para Montevidéu — respondeu assim que se certificou da procedência do escritor.

Para Neves, o comentário sobre o plano da viagem da Elvira capturado por acaso não poderia vir em melhor momento. Escrita era uma revista de literatura que se sustentava, a duras penas, da venda em bancas, livrarias e sebos, de contribuições de fiéis assinantes e por desembolsos recorrentes e a fundo perdido de seu dono. Desde a criação, cerca de dez anos antes, acostumara-se a conviver com a escassez de recursos e contenção de gastos. Sua sobrevivência, que contrariava as expectativas gerais e a lógica do mercado, podia ser creditada à qualidade de seu conteúdo, à capacidade de manter sua periodicidade regular apesar das dificuldades financeiras e a uma subjetiva unanimidade em torno de sua importância para algo que se convenciona chamar de "intelectualidade nacional". Diversas vezes, quando a inadimplência prenunciava o iminente encerramento da revista, surgiram anunciantes dispostos a cobrir todos os custos em troca de uma página de publicidade. Um gesto como esse, embora não trouxesse qualquer retorno financeiro para o benfeitor, pegava muito bem para a imagem da empresa, especialmente junto ao meio cultural e às pessoas mais intelectualizadas.

— Que tal você passar alguns dias a mais no Uruguai em troca de uma matéria com um escritor de lá? — perguntou o editor.

— O Eduardo Galeano? — arriscou entusiasmada Elvira, ou Vira, como todos a chamavam.

— Não. O Sebastián Milies — respondeu Cláudio,

saboreando por alguns segundos o ar de interrogação da repórter, antes de tranquilizá-la com a confissão de que também ele pouco sabia a respeito do escritor da banda oriental do Rio de la Plata. E acrescentou algumas informações que, acreditava, iriam ajudar a convencê-la a aceitar o desafio. Contou, por exemplo, que Milies, naquele ano de 2013, completava 85 anos, era um dos escritores mais lidos nos países de língua hispânica e nunca havia sido publicado no Brasil. Suas obras, que sempre enveredavam por temas relacionados a sedução, sexo e desejo, eram de uma escrita elegante. Havia em torno dele uma dúvida persistente em relação às tramas. Muitos leitores tinham certeza de que os personagens masculinos eram construídos a partir das vivências do autor e que muitas das mulheres protagonistas de suas acaloradas histórias também eram inspiradas em suas conquistas. Algumas, dizia-se, casadas com homens poderosos, inclusive membros da alta hierarquia das Forças Armadas que durante a cruel ditadura imposta ao país, entre 1973 e 1985, mostraram-se intolerantes com essas suposições. Muitos atribuíam a essas suspeitas o seu exílio "voluntário" na Espanha, onde viveu de 1977 até o final da ditadura. Não chegou a ser preso ou expulso do país, mas depois de sofrer algumas ameaças, ser interrogado, ver pessoas muito próximas sendo mortas pelo regime e ter seus livros proibidos com o rótulo de "material imoral", percebeu que seria mais seguro deixar o país.

Como todo intelectual de formação humanista, endossou – e, dizem, escreveu – abaixo-assinados contestando a ditadura e depois da morte de um amigo durante um interrogatório passou a se vestir unicamente com roupa preta, até o fim da ditadura. O fato de não ter sido preso, numa época em que qualquer contestação era motivo suficiente para que os mandantes exercitassem o poder de intimidar e punir, alimentou ainda mais a crença de que possuía defensoras dentro do ambiente familiar de militares estrelados. E quando decidiu deixar o país, prontamente conseguiu a documentação necessária e até mesmo uma escolta até o aeroporto, o que serviu – dizem – para evitar que algum marido enciumado resolvesse acertar as contas no caminho.

Embora as suposições tenham produzido situações muitas vezes incômodas, de risco até, jamais se preocupou em esclarecer ou negá-las, aumentando ainda mais a curiosidade em torno de sua vida amorosa. As comemorações de seus 85 anos tinham caráter de homenagem a um dos grandes nomes da literatura latino-americana – pelo menos um dos mais vendidos –, mas também carregavam uma dose de ansiedade, quase desespero. Se morresse, todas as dúvidas e mistérios seriam sepultados juntos. Era uma bela história para contar na revista, muitas vezes criticada por dar as costas aos escritores latino-americanos, com as raras e óbvias exceções.

— Você me dá uns dias para pensar? Na realidade eu queria passar um tempo desligada do trabalho. Mas quem sabe eu consiga unir o agradável ao útil — propôs Elvira.

A decisão levaria em conta não só a interferência que o trabalho teria sobre suas férias, mas uma avaliação sobre o personagem que Cláudio lhe propunha entrevistar. E suas primeiras ponderações a deixavam inclinada a recusar a oferta. Até entendia as razões de seu editor, mas não se imaginava escrevendo sobre um autor desconhecido do público da revista e que abordava temas tão mundanos. Se ao menos existissem planos de publicar algum de seus livros no Brasil, esse talvez fosse um bom gancho. Sua matéria poderia ajudar a despertar o interesse sobre a obra, se fosse razoável, ou alertar leitores incautos a se manterem longe, se fosse literatura menor. Mas nem isso. Escreveria sobre um velho desconhecido, que provavelmente continuaria incógnito do público brasileiro.

A relação com seu editor – mais de confiança e admiração do que hierárquica – não permitia que ela descartasse sem bons argumentos qualquer pedido. Decidiu que procuraria se informar mais sobre o tal Milies, conhecer seu trabalho e ler algumas coisas que tivesse escrito. Faltavam mais de dois meses para as férias. Não precisava aceitar e nem recusar a proposta de imediato. Enquanto fazia essas divagações, decidiu consultar seu amigo argentino, Ernesto Rubio, profundo conhecedor de literatura latino-americana e apaixonado pelo Uruguai. Aliás, fora Ernesto que lhe havia sugerido passar umas férias no pequeno país vizinho – 'El chiquito al lado', como ele disse – e que não deixasse de visitar *Cabo Polonio*. E também levou aquele livro do Milies emprestado pelo seu chefe – *El olor del deseo* – que narrava o alto poder libidinoso exercido pelo olfato sobre o personagem central.

Chegando em casa, escreveu para Ernesto um *e-mail* perguntando o que achava da proposta do chefe. Prontamente, o amigo argentino pediu que entrasse no Skype para conversarem melhor. Assim que se conectaram, apareceu o rosto do Ernesto com uma expressão de súplica:

— Me leva junto, imploro. Vou te dever essa pelo resto da nossa vida, disparou, naquele tom melodramático tão típico dos portenhos e que ele incorporava com saboroso exagero.

— Se não me levar, temo que nossa amizade esteja com os minutos contados — acrescentou, entre irônico e chantagista.

— Oi Ernesto, no teu país não se fala boa noite, como você está? No Brasil somos mais educados. Tudo bem, querido?
— É sério, Vira. Posso te dar um rim em troca, se um dia você precisar. Só não posso perder a oportunidade de participar dessa entrevista — respondeu o amigo.
— Esse 'señor' é tudo isso de bom?
Ernesto fez um silêncio e fitou o horizonte, com aquele olhar de quem escolhe cada palavra antes de fazer um pronunciamento importante. Elvira não era muito chegada a teatralidades, mas fez uma concessão ao amigo argentino. Ele encenava até para comentar uma simples gripe: "Estou com uma febre inclemente", proclamava quando adoecia.
— Como posso explicar a uma brasileira insensível e que toma como referência de leitura a lista dos melhores livros da New York Times o que significa Milies para a cultura platina? Mais do que isso, a habilidade com que ele manipula nosso imaginário? Você jamais vai entender...
Típico dele. Sempre zombava de sua racionalidade e dizia que sua personalidade se ajustaria mais a uma jornalista de economia que de literatura.
— Vamos fazer um acordo — propôs Elvira, entrando no jogo. Se a entrevista acontecer mesmo, eu vejo com meu chefe se posso te levar, talvez a pretexto de me ajudar com o idioma. Em troca você tenta me convencer de que vale esticar alguns dias no Uruguai para entrevistar um autor desconhecido no Brasil que escreve livros de sacanagem.
— Elvira, se você voltar a se referir a ele com essas palavras, acho melhor pararmos a conversa por aqui.
Aparentar ter se ofendido era um dos papéis prediletos de Ernesto.

— Calma, querido, estou te provocando. Me manda um *e-mail* com teus argumentos, explicando o que ele representa para vocês e inclui algumas dicas de livros dele que valham a pena ler. *El olor del deseo* já tenho. Se me convencer, eu vou entrevistá-lo e tentar te levar junto, desde que você se comporte.

Ernesto foi uma das várias coisas boas que lhe aconteceram quando resolveu dividir o apartamento com o Rafael, amigo de faculdade de seu irmão Mauro. Recém-chegada a São Paulo para estudar Letras na USP, vinda de Sorocaba, não tinha condições de bancar sozinha o aluguel, apesar da mesada que recebia do pai e dos bicos que fazia como revisora para várias editoras. Mauro lembrou que Rafael estava procurando alguém para dividir as despesas. Rafael, na faculdade apelidado de Truco pela predileção que tinha pelas cartas, era mulherengo, mas gente boa. E a irmã, criada em meio a três irmãos homens, sabia muito bem se defender de possíveis investidas.

No começo, a relação entre os dois se limitava a rachar as despesas e definir algumas regras de convivência. Por conta dos alertas do irmão, ela não queria muita intimidade com o Rafa, como passou a chamá-lo. E ele também preferia não se aproximar porque, afinal, era irmã de um amigo. Mas quase foi traído ao ser surpreendido por ela fitando os seios rígidos que se insinuavam por trás do tecido da camiseta e se determinou a não passar de umas olhadas despretensiosas quando ela não notasse.

Aos poucos, os dois foram baixando a guarda. Perceberam que apesar de serem diferentes em quase tudo, eram ótima companhia um para o outro. Elvira gostava de ler, de ouvir música calma, de tomar vinho e ouvir o barulho da chuva. Rafael preferia ver filmes na TV, era roqueiro, cervejeiro e parecia uma criança feliz quando tomava chuva. Mas tinham um ponto em comum, que apesar de ser muito sutil, fornecia toda a liga para uma relação que alternava momentos de amizade com cumplicidade e que depois de alguns meses de convivência chegaria aos lençóis: o respeito ao silêncio. Nenhum dos dois se sentia incomodado com a quietude ou se preocupava em preencher o vazio de palavras se não tivesse algo interessante para falar. Pela manhã, trocavam olhares ou piscadas de bom-dia e passavam as primeiras horas do dia calados. Liam jornal, tomavam café, se espreguiçavam, mas não diziam palavra alguma. Como se preferissem ingressar lentamente no novo dia, sem solavancos.

A relação foi se construindo naturalmente, até que um se tornou presença indispensável na vida do outro. À maneira deles, as crises eram superadas com conversas francas, breves, e por meio de outro importante ponto em comum: a aversão a complicar o que era simples. Ela, por conta de sua contumaz objetividade. Ele, mais por preguiça. E assim já haviam passado cinco anos dividindo o apartamento, os planos de férias e a cama.

Quando ainda estavam se conhecendo e procurando estabelecer alguns rituais de convivência, Rafa comentou que um amigo seu, argentino, estava vindo a São Paulo para visitar a Bienal do Livro e se ela não se incomodasse, gostaria de hospedá-lo no apartamento. Seriam apenas alguns dias. Ficaria em seu quarto e pagaria as despesas extras. Rafa havia conhecido o argentino, Ernesto, numa viagem que fizera à Espanha. Coincidiu de dividirem uma *van* durante um *city tour* por Barcelona e se deram bem. Ernesto gostava muito do Brasil e aprendeu português com um namorado de Florianópolis, onde passou durante anos seguidos as férias de verão.

Elvira notou, interessada, a capacidade do Rafael de construir relações improváveis, como acontecera com ela. Um engenheiro agrônomo, mulherengo, amigo de um argentino gay formado em Letras. Segundo contou, divertiram-se muito na viagem, seguiram juntos para Madri e o que tinha tudo para ser uma fugaz convivência de férias acabou se transformando numa amizade forte e duradoura. Rafael tinha uma pequena empresa que oferecia consultoria para agricultores interessados em abandonar os agrotóxicos. Alguns de seus clientes eram produtores rurais na Argentina e, com frequência, viajava para lá e se hospedava na casa do Ernesto em Buenos Aires.

— Você tem um amigo argentino, que gosta de literatura e ainda por cima é *gay*? — perguntou Elvira, surpresa.

— Por que não? Você acha que agrônomo é sinônimo de comedor de cabras? Apesar de rústico, sou uma pessoa aberta — respondeu Rafael, com ironia — Acho que vocês vão se dar bem. Ele também vive em meio a pilhas de livros. É revisor e tradutor de editoras de lá. Rato de livraria.

Ernesto chegou um dia ainda pela manhã. Talvez "irrompeu" seja mais preciso para definir a forma teatral como apareceu. Os dois ainda estavam lendo jornal e tomando café, naquela rotina preguiçosa de todas as manhãs. O silêncio foi interrompido por uma campainha insistente. Rafa abriu a porta e Ernesto invadiu a sala como se adentrasse num palco.

— *Hola* Rafa, *mi amor. Dame un besito.*

Rafael abraçou o amigo e lhe deu um beijo no

rosto. Elvira olhou a cena espantada. Jamais imaginara o Rafa cumprimentando assim um homem. Apesar de incomodada com a quebra do silêncio, sentiu que estava diante de uma figura interessante. Respirou fundo disfarçando sua irritação e se levantou para cumprimentar o recém-chegado hóspede.

— Oi, Ernesto. Eu sou a Elvira, companheira de apartamento do Rafa.

— *Hola* Elvira. Eu sei muito bem quem você é. Posso te chamar de Vira? Acho que vamos nos dar muito bem. Aliás, não sei como este troglodita que arrota em público conseguiu uma mulher encantadora como você para dividir o apartamento.

— Como assim você sabe quem eu sou?

— Até onde posso contar, Rafa? — indagou, olhando de forma maliciosa para o amigo.

— Você quer um café? — cortou Rafael, indicando sem muita sutileza que gostaria de mudar o rumo da conversa.

— Pelo jeito ele não quer que eu te conte muita coisa. Vou ficar no campo seguro. Você tem a pureza das pessoas do interior e a riqueza interna dos amantes dos livros. Meiga, ingênua, direta e racional. Ah... e o sutiã não é uma peça muito popular em seu guarda-roupa.

— Ernesto, você quer um café? — insistiu Rafael, irritado com a inconfidência. "Não dá pra confiar em bicha argentina", pensou, entre nervoso e envergonhado.

Elvira nem se importou com a última parte. Gostou de saber a opinião de Rafa a seu respeito. Essa seria a descrição que ela mesma faria de si. As pessoas, entretanto, muitas vezes não entendiam bem suas características. Achavam que era arrogante, ensimesmada, um tanto fora da realidade. E, no fundo, também ficou satisfeita por saber que seus seios, embora não muito volumosos, tinham sido notados por Rafa. O que a deixou mais animada, entretanto, foi perceber que despertara o interesse de Rafael, a ponto de ser tema de confidências com o amigo portenho. Ela se surpreendia, cada vez com mais frequência, pensando no companheiro de apartamento e observando suas características mais sutis. Sentia por ele uma afinidade crescente. Com aquele jeito simples de ver as coisas e firme em suas convicções, conquistara sua amizade. Ela o via como uma pessoa franca e transparente, mas evitava pensar nele como um homem, embora, em seu íntimo, o achasse atraente. Não bonito, mas charmoso.

Respeitadas as diferenças de gênero e postura, o caso entre Ernesto e Elvira foi amor à primeira vista. E também ajudou Elvira a se aproximar ainda mais de Rafael. Assim, a chegada do argentino abriu para ela duas portas: a de uma nova e intensa amizade com Ernesto, que se tornaria uma pessoa fundamental em sua vida, e a de uma relação com seu companheiro de apartamento. Ernesto, ciente de seu papel na aproximação entre os dois e por ter testemunhado as primeiras cenas do relacionamento, se autoproclamou o cupido do casal. E sempre que se encontrava com algum dos dois, estendia teatralmente a mão para ser beijada, dedicando-lhes uma bênção.

A estada de Ernesto em São Paulo mudou a dinâmica da vida dos dois. Elvira havia conseguido um trabalho temporário de revisora de textos numa editora e seu horário era bem flexível. Por isso, decidiram que ela acompanharia Ernesto durante o dia em suas incursões literárias e Rafael se encarregaria da programação noturna. Elvira havia ido somente uma vez à Bienal do Livro e não estava muito animada para voltar. A experiência de ter amargado quase uma hora na fila de entrada a deixara traumatizada. Preferia passar tardes nas livrarias, como de fato passava. Mas diante da insistência de Ernesto e de seu compromisso de ciceroneá-lo, acabou cedendo. E não se arrependeu. Foram duas tardes seguidas em dias de semana. Passaram várias horas visitando estandes, conversando com editores, comprando livros e recolhendo materiais dos expositores. Elvira, prática, recusava o que não lhe interessava. Ernesto, ao contrário, aceitava tudo o que lhe ofereciam.

— Chegando em casa passo um filtro. Prefiro me arrepender por excesso do que por falta — explicou, quando notou o olhar de reprovação de Elvira à sua voraz coleta.

— Entendo, mas eu detesto carregar peso morto — respondeu, deixando claro que não o ajudaria com as sacolas. Na prática, esse comentário não teve muito efeito. Quando viu seu novo amigo sobrecarregado e já sem espaço nos braços para pendurar mais nada, se ofereceu para ajudá-lo. — Me passa algumas sacolas, disse, no que prontamente foi atendida. — Mas, por favor, não pega mais nada. Ernesto concordou, e emendou com a proposta: — Voltamos amanhã?

Como aconteceria várias outras vezes, Ernesto seria o responsável por importantes mudanças na vida de Elvira. No dia seguinte, de volta à Bienal do Livro, passaram no estande da revista Escrita e ficaram sabendo que na semana seguinte haveria um 'workshop' sobre crítica literária com o editor da revista, Cláudio Neves. Assinantes tinham desconto de 50%.

— Vira, você não pode perder esse 'workshop' — aconselhou Ernesto. — Na minha opinião, o Cláudio é um dos mais preparados jornalistas de literatura da

América do Sul. Uma vez participou de uma mesa-redonda sobre literatura brasileira organizada em Buenos Aires pelo *Clarín*. Eu fui assistir e confesso — ele adorava confessar, no lugar de simplesmente dizer as coisas — que dominou a conversa, mesmo falando portunhol. Além do mais, é um gato.

— Nem pensar. Estou dura, Ernesto.

— Não se preocupe com isso. Vai ser meu presente por você ter sido tão amável e paciente em me trazer pela segunda vez a um lugar aonde não queria ir.

Diante de tanta insistência, recomendações e facilidade, Elvira se inscreveu sem imaginar que, poucos meses depois, sua vida profissional daria uma guinada e ela passaria a trabalhar, primeiro como frila e depois contratada, na principal revista de literatura do Brasil, transformando seu maior prazer em ganha-pão.

Quando voltavam para o apartamento, Elvira resolveu retomar um assunto que a deixara intrigada.

— Por que você disse que o Rafa arrota em público? Eu nunca notei isso.

— Isso aconteceu na viagem à Espanha. Foi muito divertido... e um tanto nojento.

Logo que se conheceram, contou Ernesto, sentiram que tinham muita afinidade. Ambos viajavam sozinhos e passaram a fazer tudo juntos. Os passeios, as refeições, as compras de lembranças. No início, Ernesto imaginou que poderia rolar algo mais do que amizade, mas seu faro para identificar quem era do time logo o fez desistir de qualquer abordagem mais ousada.

Nos passeios conheciam toda espécie de turista. Alguns interessantes, outros insignificantes, outros tantos inconvenientes. Num desses 'tours', em Barcelona, dois rapazes belgas que aparentavam terem acabado de sair de um grupo de escoteiros perguntaram onde jantariam, propondo irem os quatro juntos. Ernesto deu uma desculpa não muito elaborada, cortando ali qualquer tentativa de aproximação.

Rafael, depois, comentou com Ernesto que na faculdade, quando pessoas desagradáveis queriam se entrosar com a turma deles, faziam uma encenação infalível. Recepcionavam alegremente o incauto, agradecendo a aproximação. Comentavam que os problemas estomacais do Rafael afastavam novas amizades do grupo. Por isso, muitos achavam que era uma turma fechada, mas na realidade eram eles os evitados pelos colegas. Enquanto um deles fazia esse discurso, Rafael acumulava ar nos pulmões. E encerradas as explicações preliminares, soltava um sonoro e prolongado arroto, seguido de um constrangido pedido de desculpas. A pessoa se afastava enojada, enquanto os colegas de grupo fingiam repreender o amigo: "Poxa, Rafael, não dá para segurar um pouco? Vai procurar um médico. Ninguém aguenta ficar perto de você".

Dias depois, em Madri, um casal de brasileiros dividiu com eles a *van*. As perguntas tolas ao guia e os comentários infantis do homem provocavam uma frequente troca de olhares irônicos entre Rafael e Ernesto. Ao final, o marido se aproximou com aquela falsa intimidade de brasileiros que se encontram no exterior: "Como é bom poder falar a nossa língua. Vocês já decidiram onde vão jantar?".

Sem combinarem nada, Ernesto agradeceu a sugestão e aceitou prontamente. Disse que acabavam se isolando, porque o amigo 'brasileño' tinha um problema estomacal que às vezes não conseguia conter. Rafael, que já não era um jovem estudante, de início ficou envergonhado. Afastou-se um pouco do grupo e, quando estava a uma distância que considerava civilizada, despejou no ar seu sonoro arroto. E voltou, com um fingido olhar encabulado, se desculpando:

— É um problema crônico. Há anos faço tratamento. Quando como qualquer coisa, parece que um vulcão é ativado no meu estômago..., mas onde vamos jantar?".

— Melhoras — limitou-se a dizer o homem, afastando-se rapidamente, quase carregando sua mulher pelo braço.

E assim agiam sempre que pessoas desagradáveis propunham compartilhar momentos da viagem com aquela animada dupla. Preferiam ser considerados nojentos a perderem tempo convivendo com gente que não acrescentaria nada.

Elvira riu muito da história, que a ajudava a compreender um pouco melhor – e admirar – seu companheiro de apartamento.

Rafael criou um roteiro bem variado para as noites de Ernesto em São Paulo. Foram a alguns restaurantes mais descolados do que caros, barzinhos na Vila Madalena, botecos do centro, ouviram *jazz* e chorinho. Elvira os acompanhava em alguns programas. Os restaurantes mais caros ela dispensava, por economia. Encerrada essa parte da programação, as noitadas terminavam invariavelmente no apartamento e esse acabou sendo para os três o momento mais esperado do dia. Ali conversavam, dividiam os cigarros de um fumo especial que Ernesto havia trazido de Buenos Aires, contavam histórias, ouviam música e gargalhavam. Curtiam principalmente os acústicos de Lenine e Cássia Eller e um DVD que Ernesto trouxera de presente, com a íntegra da apresentação que Joan Manuel Serrat e Joaquín Sabina haviam feito no Luna Park, em Buenos Aires. Elvira chegou a decorar algumas letras, mesmo sem entender totalmente o que diziam. E de quebra se apaixonou por Sabina, com aquela voz rouca de fumante e jeitão de malandro.

As maiores gargalhadas eram provocadas por Ernesto, que tinha um repertório interminável de anedotas, principalmente sobre *gays* e argentinos. Algumas misturavam os dois. Elvira não sabia se ria mais das piadas, do jeito como ele as interpretava ou pelo efeito do fumo. Rafael também contou algumas, mas diante da concorrência de Ernesto, mesmo as mais divertidas perdiam a graça. Já Elvira preferia escutar. Não era muito fã de piadas. Mas naqueles momentos de intimidade com duas pessoas que em pouco tempo haviam se tornado tão especiais para ela, qualquer motivo bastava para fazê-la rir. E depois que Ernesto voltou a Buenos Aires, sempre que ele falava com Rafael ou com Elvira terminava a conversa desejando repetir as noites no apartamento, que o haviam marcado muito mais do que as visitas à Bienal do Livro.

Elvira chegou ao prédio onde funcionava a revista Escrita com o mesmo nervosismo que sentia no primeiro dia de aula em qualquer curso que fizera. O próprio Cláudio Neves recepcionava as pessoas, com a cordialidade que, tempos depois, Elvira saberia se tratar de uma de suas marcas, talvez a mais notável. O respeito ao ser humano era a preocupação fundamental de Cláudio, em sua vida pessoal e profissional. Aquele gesto cortês de dar as boas-vindas aos participantes do 'workshop' não era simples fachada. "Essas pessoas confiam no meu conhecimento e no meu trabalho, a ponto de dedicarem algumas horas de suas vidas para me ouvir. Preciso corresponder a essa expectativa", refletia Cláudio. Por isso, quando dizia: "Obrigado por ter vindo", frase que poderia soar como mera formalidade, expressava um real agradecimento. Claro que essa percepção Elvira teve somente muito tempo depois, quando passou a conhecer melhor seu então futuro chefe.

De cara, o que mais a surpreendeu foi a clareza e a simplicidade com que ele falava, mesmo quando o tema era complexo ou polêmico. Em se tratando do editor da principal revista de literatura do país, ela esperava se deparar com um intelectual carrancudo, adepto a frases cheias de citações e que ao final de uma reflexão profunda faria uma pausa para que sua plateia tivesse a oportunidade de absorver tamanha sabedoria e lhe dirigisse calorosos aplausos e olhares de admiração, que retribuiria com um sorriso falsamente modesto. Cláudio, ao contrário, falava sem qualquer sinal de soberba. Notava-se que se preocupava em fazer chegar com clareza suas reflexões e não em exibir brilho ou erudição.

Falou detalhadamente sobre os diversos pontos que um crítico literário deveria observar – como estilo, fluência do texto, respeito à língua, inventividade da trama e construção dos personagens – e também da bagagem que um profissional da área deveria acumular.

Ao falar sobre o respeito que se deve ter pelo leitor, ficou evidente que essa era a principal mensagem que pretendia passar: "A crítica literária é utilizada pelo leitor como uma referência de leitura. É ele o destinatário único do nosso trabalho. Não é o autor ou a editora, com quem muitas vezes temos relações próximas. Pensar no interesse do leitor, esse ser desconhecido e anônimo, é nosso objetivo supremo. Pode parecer purismo, ingenuidade ou jogo de palavras, mas é assim que deve ser. Saibam que não é fácil cumprir esse pacto que nos impomos – ou deveríamos nos impor – ao nos tornarmos críticos literários. Somos permanentemente assediados pelas editoras, por assessores de imprensa, pelos próprios autores. Convidados a festas e lançamentos onde nos tratam como celebridades. Com todas essas deferências, se não tivermos consciência de nosso papel corremos o risco de perder a imparcialidade. O leitor, por sua vez, não nos conhece pessoalmente, nada nos oferece, dificilmente se manifesta, mesmo que seja com um singelo *e-mail*, e se estivermos num mesmo ambiente, no lançamento de um livro por exemplo, provavelmente nem nos reconhecerá. Mas é para ele e por ele que existimos profissionalmente".

Ao concluir essas frases, disparadas quase sem intervalos, fez uma pausa. Olhou para os presentes e indagou, como se quisesse obter, mais do que a confirmação, o compromisso de cada um.

— Entenderam? — Diante da concordância da plateia, sorriu satisfeito. Sua principal mensagem havia sido transmitida. "Quando crescer quero ser como ele", pensou Elvira, com o humor que se permitia somente em seus solilóquios.

Terminada a fala de Cláudio, seguida de um acalorado bate-papo, foi feito um exercício prático. Cada um teria até duas horas para escrever, em 5.600 caracteres, uma crítica do livro mais recente que tivesse lido.

— É importante estabelecer tempo e tamanho, porque no nosso trabalho sempre somos pressionados por esses dois tiranos — explicou Cláudio. Estarei no corredor esperando que terminem. Mandem seus textos para meu *e-mail* e enviarei meus comentários a cada um também por *e-mail*, no máximo em uma semana — acrescentou, deixando a sala.

Elvira acabara de ler o romance policial *Não conte a ninguém*, de Harlan Coben. Tinha um gosto muito eclético para leitura e certa predileção pelo gênero policial. Mas achou que não pegaria bem fazer sua crítica inaugural, que seria lida e avaliada pelo editor da revista Escrita, sobre um livro de um estilo muitas vezes considerado "menor" (mais tarde, para seu alívio, descobriu que também Cláudio compartilhava desse prazer). Decidiu, então, escrever sobre O *homem que amava os cachorros*, do cubano Leonardo Padura, que lera anteriormente, em espanhol, pois ainda não havia sido publicado no Brasil. Embora também tivesse a dinâmica de um policial, a obra de Padura lhe chamou atenção pela habilidade com que o autor desenvolvera uma narrativa a partir fatos reais envolvendo a vida e o assassinato de Leon Trotsky, mesclando história e ficção com tanta naturalidade, que o leitor tinha dificuldade em identificar o limite entre a história real e a trama imaginada pelo autor.

Terminou seu texto em pouco mais de uma hora. Teve tempo de reler, fazer vários ajustes e, mesmo assim, foi a primeira a deixar a sala. No corredor, encontrou Cláudio, solitário, tomando café e ouvindo música em seu celular. Ficou curiosa para saber qual gênero escutava, mas achou que seria muito invasivo perguntar.

— Terminei e mandei meu texto por *e-mail* — disse Elvira. Sem estar preparada para aquela situação de contato direto e individual, não lhe ocorreu nenhuma frase criativa ou inteligente. Disse apenas: — Adorei o curso.

Despediu-se e começou a sair, quando Cláudio comentou:

— Eu notei que você ficou interessada. Espero que tenha sido útil. Como disse lá dentro, no máximo em uma semana te mando meus comentários.

Ao chegar em casa, Elvira correu para o computador

para tentar caçar Ernesto no Skype. Como ele trabalhava em casa e vivia conectado na internet, conseguiu na primeira tentativa.

— Oi, Ernesto. Acabei de voltar do 'workshop' e não sei como te agradecer. Foi o máximo.

— Que ótimo, Vira. Eu sabia que você ia gostar. O Cláudio quando esteve aqui fez o maior sucesso. No meio literário e em outros meios também.

— Como assim, em outros meios? Você está dizendo que ele é *gay*?

— 'Por supuesto' — respondeu o amigo argentino. Embora falasse português com fluência, considerava certas expressões mais saborosas em espanhol.

— Ou você conhece algum hétero com tamanha sensibilidade e carisma? — provocou.

Elvira recebeu aquela informação com certo alívio. Pelo menos não corria o risco de se apaixonar por ele, bem agora que iniciara uma relação com Rafa.

— Ernesto, te devo essa para sempre. Se você não tivesse insistido e financiado a inscrição, eu teria passado batida. Obrigada, querido.

Antes de completar uma semana desde o 'workshop', Elvira recebeu um *e-mail* de Cláudio Neves convidando-a a visitar a revista para lhe entregar pessoalmente seus comentários. Na mensagem, adiantou que gostara muito do seu texto. "Me liga e vamos marcar um dia que seja bom para os dois", propunha Cláudio.

No dia da visita à Escrita Elvira acordou ansiosa, mas com um bom pressentimento. Ela sempre prestava atenção no seu estado interior e nesse dia os sinais eram tranquilizadores. Quando chegou à redação, foi recebida com a habitual amabilidade pelo editor, que lhe apresentou a equipe e ciceroneou uma visita pelas acanhadas instalações: a redação, sua sala de vidro ao fundo, a revisão, a arte e a biblioteca, que era o coração da revista e local preferido de Cláudio para as reuniões de pauta. Ele dizia ser aquele um ambiente inspirador para que aflorassem boas ideias. Encerrado o rápido *tour*, já na sua sala, Cláudio lhe entregou o texto impresso e uma folha com os comentários.

— Achei seu texto muito bom. Você costuma escrever? Já trabalhou em alguma redação?

— Gosto de escrever, mas não o faço com muita frequência. Em compensação leio compulsivamente e desde pequena convivo com jornais. Meu pai é jornalista. Trabalhou em São Paulo e, quando se casou, foi morar em Sorocaba, onde fundou um jornal que dirige até hoje.

— Teu texto tem uma objetividade que me agradou muito. Você se expressa com a propriedade de quem conhece o real significado das palavras e percebe as diferenças de termos aparentemente sinônimos. Para a maior parte das pessoas, verbos como dizer, falar, comentar e explicar podem ser utilizados indistintamente, embora tenham significados sutilmente diferentes. Só quem se preocupa com a precisão da escrita tem esse cuidado.

— Obrigada — limitou-se a responder Elvira, feliz pela deferência de ter sido convidada para ouvir pessoalmente os comentários. Na realidade, aquele era apenas o preâmbulo de uma proposta que, aos 28 anos, mudaria o rumo de sua carreira. E de sua vida.

— O que você faz profissionalmente?

— Fiz Letras na USP e trabalho como revisora frila para algumas editoras. Não ganho muito, mas convivo o tempo todo com livros. Eu encaro isso como uma permuta. Eles me exploram e eu compenso lendo os livros.

— Você já pensou em trabalhar na imprensa? — disparou Cláudio, indo direto ao ponto.

— Já sonhei com isso, mas pensar seriamente, não — respondeu, com sinceridade. Muitas vezes se imaginara jornalista, mas achava que tinha pouco jogo de cintura e uma alta dose de timidez, características que ela supunha incompatíveis com a profissão. Os jornalistas que conhecia do círculo de seu pai eram todos extrovertidos e discorriam com familiaridade por qualquer tema, de futebol a política internacional. Ela preferia ouvir a falar; refletir a dar precipitadamente uma opinião.

— Gostaria de fazer uma tentativa? — propôs Cláudio. — Tenho muitos anos de janela, fui editor de cultura de vários veículos e sempre convivi com jovens jornalistas. Aprendi a identificar pessoas talentosas para a profissão e posso te afirmar que você é uma delas. Poucas vezes me enganei.

Cláudio explicou que uma jornalista sairia de licença-maternidade e precisava de alguém para substituí-la por seis meses. Seria uma oportunidade de observar, na prática, se ela tinha de fato vocação para esse trabalho.

— Mas eu não sou formada em Jornalismo — ponderou Elvira.

— Hoje o diploma não é mais obrigatório. E para trabalhar numa revista sobre literatura, a tua formação em Letras é muito mais útil do que se você fosse formada em Jornalismo. Escrever corretamente, o que as faculdades de Jornalismo deveriam ensinar, já vi que você sabe. E ter no sangue o gosto por livros faculdade alguma ensina.

Normalmente Elvira teria preferido refletir antes de tomar qualquer decisão. Costumava pensar em todas as consequências possíveis, pesava pontos a favor e contra. Nesse caso, porém, dispensou esses cuidados e aceitou de pronto.

— Eu topo. Só preciso de uma semana para entregar o texto que estou revisando. Pode ser?

— Claro. A Amanda, que é a futura mamãe, sai somente daqui a uns dez dias. Assim você terá algum tempo para que ela te explique como é o trabalho. Além de entrevistas, reportagens e resenhas, a Amanda assina uma coluna sobre os bastidores do mercado editorial. E eu quero que ela te detalhe esse trabalho, que sinceramente eu desconheço. Com quem ela conversa, quais são as fontes confiáveis, quem evitar, esse tipo de dica.

Em seguida Cláudio pediu que a Amanda fosse até a sua sala e fez as apresentações:

— A Elvira vai te substituir durante a licença-maternidade. Daqui a uma semana ela volta e vocês conversam. Ok?

A revista se encaixou na vida da Elvira como se sempre tivesse feito parte dela. Em pouco tempo se familiarizou com o trabalho e com as pessoas. A equipe era pequena – menos de 20 pessoas, incluindo o pessoal da administração. Dois fatores, observou Elvira logo de início, alimentavam a unidade entre todos. A paixão por livros – compartilhada até mesmo pela auxiliar financeira – e a garra com que se empenhavam para que a revista mantivesse sua periodicidade com um padrão de qualidade impecável. A sobrevivência da publicação, muitas vezes ameaçada por dificuldades financeiras, parecia ser o principal compromisso de cada um. Por isso, não raro, jornalistas que pareciam viver submersos no mundo das letras, desligados da vã vida material, apareciam com alguma ideia bem racional para levantar recursos. O 'workshop' realizado por Cláudio Neves era um exemplo das iniciativas para ajudar na manutenção da revista. Desde que a ideia não esbarrasse nos princípios editoriais da publicação, todas as sugestões eram discutidas coletivamente. E quando se batia o martelo em cima de alguma delas, a equipe inteira se envolvia para concretizá-la da melhor maneira possível. A primeira vez que Elvira participou desse processo chegou a se emocionar com tamanho comprometimento e, com o tempo, tornou-se uma ativa formuladora de propostas.

Também para seus companheiros de trabalho a presença de Elvira na redação rapidamente se tornou familiar. Elvira não tinha certeza se acreditava ou não nos ditames do destino. Sua opinião a esse respeito, como em relação a outros temas que envolviam fé ou espiritualidade, oscilava muito. Mas quando se aproximava o final do período para cobrir a licença-maternidade de Amanda um episódio que aparentemente não tinha qualquer relação com ela acabou sendo determinante para sua permanência. "Seria obra do tal destino?", indagara-se Elvira na época.

Amanda morava nas proximidades da avenida Giovanni Gronchi, na região do Morumbi. Nos horários de pico essa avenida costumava ficar congestionada e um dia, quando o marido de Amanda voltava para casa, um bando de assaltantes resolveu fazer um arrastão e levar carteiras, celulares, bolsas e qualquer objeto de valor dos amedrontados e impotentes motoristas. E ele foi uma das vítimas. O prejuízo material foi pequeno. Levaram celular e o relógio. A carteira e o *notebook* estavam na mochila, dentro do porta-malas. Emocionalmente, porém, ele ficou muito abalado ao imaginar que poderia estar com seu filho recém-nascido no carro, à mercê dos bandidos. Quando chegou em casa já havia tomado a decisão: não criaria seu filho numa cidade violenta como São Paulo. Em poucos dias conseguiu uma transferência para São José dos Campos. Amanda e o filho iriam junto, claro.

A saída dela da revista abriu uma vaga que Cláudio imediatamente ofereceu para Elvira. "Hoje meu agradecimento especial vai para os assaltantes da Giovanni Gronchi", festejou intimamente Elvira.

Na linha de assunto do *e-mail* Ernesto escreveu: breve resumo sobre um ser humano extraordinário.

"Querida Vira, conforme conversamos, seguem algumas informações sobre o magistral ser humano que 'nosotros' vamos entrevistar". ('Nosotros' era outra palavra que ele preferia em espanhol. Achava "nós" interrompida, mutilada.) Elvira riu da forma nada sutil com que seu amigo se incluiu na entrevista.

Seu nome completo é Sebastián Fructuoso Milies. Ele não gosta de Fructuoso, que até onde eu sei foi colocado por seu pai em homenagem ao primeiro presidente do Uruguay. Por isso usa 'F.'. Nasceu em 1928 na cidade de Carmelo. Mudou-se para Montevidéu quando entrou na faculdade. Cursou Direito, mas não chegou a se formar. Como muitos jovens vindos de famílias de classe média do interior, viveu por alguns anos às custas da mesada do pai. Logo se enturmou com a boemia montevideana e passou a frequentar com a mesma desenvoltura as rodas literárias e as mesas dos botecos. Quando o pai percebeu que o dinheiro enviado alimentava a boemia do filho e não sua formação universitária, intimou-o a se ocupar do próprio sustento. Sem dinheiro, formação e vocação aparente para qualquer atividade remunerada, Sebastián, indicado por um amigo, assumiu a coluna social do semanário El Mundo, que não existe mais. Tratava das futilidades tão ao gosto de toda alta sociedade. Casamentos, noivados, batizados e tolices do gênero. Depois participou de uma experiência editorial que seria considerada "revolucionária" para a época, escrevendo crônicas ácidas sobre aquela mesma sociedade que anteriormente retratava festivamente em sua coluna.

Imagina, querida Vira, se até hoje a sociedade montevideana é tão pequena, todos se conhecem, como era provinciano esse pessoal no final da década de 40. Pois bem, com sua elegância, carisma, inteligência e humor – tento não me deixar envolver por meus sentimentos de admiração nesta breve narrativa, mas às vezes escorrego – acabou não só sendo aceito no meio da boemia e da intelectualidade, como se tornando um de seus mais admirados expoentes.

Pouco se sabe sobre sua vida pessoal. Há muitas suposições a respeito, mas ele é reservado nos temas particulares. Aliás, querida 'periodista', quando formos entrevistá-lo lembre-se de não querer arrancar à força nada sobre sua vida pessoal, seus romances, conquistas, por mais que você fique tentada a fazê-lo. É capaz de nos expulsar de sua casa, o que seria terrível para tua imagem profissional e pior ainda para a nossa amizade. Deixe que ele fale a respeito naturalmente, se quiser falar.

Voltando ao trabalho do escritor, ele tem doze livros publicados. Pelo correio mando os dois que considero mais emblemáticos, além do que você já tem e espero que tenha lido, adorado e não veja a hora de reler. Todos tratam de paixões, seduções, luxúria, mas não no tom meloso que essa cabecinha puritana deve imaginar. Ele elevou o desejo a uma condição sublime. Para você ter uma ideia, Almodóvar disse numa entrevista que ao fazer um filme, sempre pensava se a trama agradaria ao escritor uruguaio. Milies, que admirava Almodóvar e não o conhecia pessoalmente, claro que adorou essa declaração. Numa viagem à Espanha no início dos anos 2000 foi visitá-lo em seu estúdio para agradecer pessoalmente tão inesperada declaração. Quando chegou, Almodóvar se ajoelhou, como se lhe fizesse uma reverência. Milies, que tem na humildade uma de suas inúmeras virtudes, ficou encabulado com esse gesto e, sem saber muito bem como reagir, também se ajoelhou e os dois se deram um longo abraço. Dizem que, de tão emocionado, Almodóvar chorou.

Estou me alongando um pouco, mas como vocês, brasileiros, vivem de costas para nós, preciso te dar a dimensão exata de quem ele é. Se não, você vai fazer uma reportagem burocrática e fria sobre um velho escritor uruguaio obcecado por sexo. Portanto, minha amiga, paciência comigo e depois você me agradece pessoalmente por zelar assim por tua carreira 'periodística'. Admito que também tenho meu interesse. Quanto mais você se entusiasmar com ele, mais chances de realizar meu sonho de ficar perto desse homem e, por alguns momentos que seja, compartilhar do mesmo ar que ele respira. (Faço uma pausa para conter lágrimas emocionadas).

Como ia dizendo, sua obra não é muito extensa, mas um fenômeno envolve seus trabalhos. Os leitores mais fiéis, como eu, costumam ler cada livro mais de uma vez. Inteiro ou em partes. Dou meu humilde depoimento: quando estou em dúvida sobre qual será minha próxima leitura ou quando estou meio desanimado volto aos livros dele como se fossem meu porto seguro. E eles me reanimam. Sempre descubro novos detalhes. Situações com as quais estou familiarizado me surpreendem com ângulos que jamais havia percebido. Novas imagens instigam a minha imaginação e meus desejos. E isso não é exclusividade minha. Todos os meus amigos que são fãs dele fazem igual. Pode me achar um tolo – e imagino que é bem essa a qualificação que você está me atribuindo neste exato momento –, mas se você se permitir uma pincelada de sensibilidade dentro dessa dura máscara racional, quando se apaixonar pela obra dele vai me entender direitinho.

'Bueno', querida Vira, como escrevi no início, fiz apenas um resumo de quem se trata. Para explicar inteiramente quem é esse homem e a importância de sua obra para o imaginário hispânico coletivo precisaria do espaço de uma enciclopédia. Espero que você tome a decisão certa e aceite essa missão, que na realidade é o mais valioso presente que teu chefe poderia te oferecer. Faça por merecê-lo. De minha parte, só te peço que me avise com no mínimo três horas de antecedência onde e quando vai acontecer a entrevista. Assim posso passar na casa da minha mãe para deixar meu gato, pegar um avião para Montevidéu – é aqui ao lado – e te encontrar.

Qualquer dúvida, me escreve.
'Besos a ti y al hermoso' Rafa,
Ernesto"

Elvira leu e releu a mensagem de Ernesto. Ele era dramático, teatral, exagerado, mas entendia de literatura e sabia muito bem distinguir um bom escritor de um blefe. Ficou curiosa. Nem tanto pelo talento literário do velho escritor, mas para tentar entender o fascínio que despertava em seus leitores. Poderia ser apenas uma percepção individual de Ernesto, aumentada pelo desejo de participar da entrevista. Mas Cláudio havia comentado que o dono da revista lera vários livros de Milies, alguns mais de uma vez. E como raramente se intrometia no conteúdo da revista, concluiu que também para ele o escritor uruguaio tinha grande valor.

Como na última semana tinha que entregar a coluna na revista, não tivera tempo de continuar lendo o livro que Cláudio havia lhe emprestado, mas, pragmática, decidiu duas coisas: aceitaria a proposta feita por seu chefe e, de imediato, mergulharia na leitura do livro para entender um pouco melhor a magia que Milies exercia sobre seus leitores. "Será uma espécie de Paulo Coelho cisplatino e erotizado?", perguntou-se, apreensiva. Provavelmente não, concluiu. O Ernesto não tem o perfil dos leitores que admiram Paulo Coelho.

"Querido Ernesto, que tal? Super obrigada pelas tuas informações. De tão detalhadas, decidi aceitar a proposta do Cláudio. Fiquei muito intrigada com o que você me contou. Quero observar pessoalmente se são fatos ou fruto dessa tua pródiga imaginação. De qualquer forma, acho que pode render uma boa matéria. Vou acertar os detalhes com o Cláudio e convencê-lo a que você venha junto, desde que se comprometa a se comportar bem. Nada de pedir autógrafo ou chorar de emoção na presença do ídolo.

Manterei você a par. Se tudo der certo, devemos agendar a entrevista para meados de janeiro, quando acabam as minhas férias.

'Un beso grandote',
Vira"

A resposta de Ernesto veio de imediato, deixando claro sua ansiedade.

"Amada, prometo tudo o que quiser e assumo o compromisso de te ajudar a fazer a reportagem de tua vida. Sou um homem sensível, emocional, às vezes um 'poquito' exagerado, mas conheço bem a diferença entre trabalho e paixão. Espero que você goste dos livros e,

por favor, me avisa quando receber minha encomenda.
Aguardo notícias.
'Besos',
Ernesto
P.S.: vou sair um pouco da frente do computador para berrar de emoção."

Chegando na revista, Elvira releu a coluna, fez alguns ajustes e mandou o texto por *e-mail* para Cláudio. De longe, fez um sinal indicando que gostaria de falar com ele. Também com um gesto, Cláudio a convidou à sua sala.

— Eu topo fazer a matéria com o Milies — disse logo ao entrar.

— Que ótimo. Andei lendo algumas coisas sobre ele e tenho certeza de que pode render uma bela reportagem. Não quis comentar isso com você, para não te influenciar na decisão. Férias para mim sempre são sagradas. Mas, confesso, fiquei até com vontade de ir junto entrevistá-lo. Pena que não tenhamos recursos para esse luxo.

— Seria o máximo fazer uma matéria com você — respondeu Elvira, com entusiasmo sincero. — Por falar em trabalho conjunto, tenho um amigo argentino, que faz revisões para diversas editoras e conhece muito bem a obra do Milies. Pensei que ele poderia me acompanhar, sem custos para a revista, para servir como uma espécie de intérprete quando eu me enrolar com o idioma. O que você acha?

— Da minha parte, não há problema, mas você entende tão bem o espanhol...

— Entendo, mas eu sou muito perfeccionista e costumo travar quando não encontro a palavra certa. Detesto que percebam minhas falhas. Acho que se acontecer alguma coisa assim, ele vai me salvar, porque fala fluentemente o português.

— Sem problema, desde que seja mesmo sem custos. Quanto à tua estada, proponho o seguinte: você fica mais cinco dias em Montevidéu, com as despesas pagas pela revista. Um ou dois dias para fazer teu trabalho e os outros para conhecer a cidade, visitar livrarias, por conta da Escrita. Fechado?

— Maravilha. Tenho 15 dias de férias e pensei em viajar dia 3 de janeiro. O Rafa volta dia 15. A partir daí, posso esticar minha estada para fazer este trabalho. Mas como vamos conseguir agendar a entrevista?

— Deixa isso comigo. Conheço muito bem o editor de Cultura de um semanário de Montevidéu e ele é amigo do Milies. Não vamos ter dificuldade para marcar a entrevista. Com certeza ele tem interesse em se tornar conhecido do mercado brasileiro. Obrigado, Vira. Sei que posso contar sempre com você.

Elvira deixou a sala se prometendo retribuir a confiança do Cláudio com uma bela matéria. Chegando à sua mesa, escreveu o *e-mail* mais aguardado por Ernesto, colocando na linha de assunto: *"Prepará las balijas"*.

"Querido Ernesto, conversei com o Cláudio e ele concordou que você fosse comigo. Assim que tiver a data, te aviso. Deve ser entre os dias 15 e 20 de janeiro. Quem sabe nos encontramos um ou dois dias antes para sentirmos juntos a cidade. Pode preparar as malas.

Está feliz?

'Un beso',

Vira"

A resposta foi breve e imediata.

"Te amo para sempre.

Beijos,

Ernesto"

"Adoro bichas", pensou Elvira, sorrindo.

Fazia tempo que Elvira e Rafael não aproveitavam tanto os momentos juntos como naquelas férias. Logo que chegaram ao Uruguai ficaram surpresos com algumas peculiaridades do país. A primeira foi a pequena concentração de pessoas nos lugares. Isso não se aplicava a Punta del Este, onde passaram apenas algumas horas a caminho de Cabo Polonio. Notaram também que os turistas de Punta eram em sua grande maioria de outros países.

— Aqui não estamos no Uruguai — comentou Rafael.

Quando se afastaram um pouco mais ao leste, as praias foram ficando cada vez mais vazias. A calma dos uruguaios foi outra feliz constatação. Além disso, sentiram um certo ar de passado nos lugares e nas pessoas. Era como se os uruguaios tivessem optado por extrair da modernidade somente os benefícios, sem abrir mão das raízes e de alguns costumes.

O chimarrão, que ela acreditava ser um hábito dos mais velhos, era carregado também por jovens e por todos os lugares, principalmente nas noites frescas de um verão muito ameno. Além da calma, ficaram sensibilizados com a cortesia dos uruguaios, quase sempre atentos e educados. Era um lugar simples e tranquilo onde, pensaram, poderiam passar o resto da vida.

— Que delícia poder viver sem o estresse e a pressa de São Paulo — disse Elvira. — Aqui você pode esticar a toalha na areia sem precisar afastar a cadeira do vizinho.

Em Cabo Polonio havia gente de vários cantos do mundo. Como era um lugar sem luxos e conforto, a maioria se parecia com eles. Queriam aproveitar a praia, a natureza, fazer caminhadas, namorar, ler, passar o tempo à toa. Ficaram numa pousada que mais parecia a filial da torre de Babel. Alguns uruguaios, outros tantos argentinos e brasileiros, um casal holandês, um israelense que acabara de terminar o serviço militar, um casal de *gays* italianos, dois chilenos que estavam mochilando pela América do Sul. Aos poucos todos foram se aproximando e começaram a organizar baladas à noite. Apesar de toda a beleza da região, foram essas reuniões noturnas que permaneceram por mais tempo na memória e na saudade de Elvira e Rafael. Muito divertidas, eram regadas a cerveja, a 'parrilladas' feitas pelo dono da pousada e a um fumo que os hóspedes nativos ofereciam sem regular. Rafael, com seu jeito bonachão e comunicativo, era dos que mais se empenhavam em congregar o pessoal. Elvira no começo achou aquela aproximação meio incômoda. Preferiria ficar com o Rafael no quarto ou em algum canto lendo seus livros. Mas aos poucos foi se soltando e se transformou, para surpresa dos dois, numa das festeiras mais animadas.

As noites sempre acabavam em muita dança e com a música tão eclética quanto a mescla de nacionalidades dos hóspedes. Curiosamente, a que fez mais sucesso foi uma gravação de Rita Pavone feita no mínimo 50 anos antes. Nas primeiras noites dançavam de um jeito meio escrachado, como se zombassem do estilo antigo. Depois passaram a levar a música a sério e quando começava a tocar *Dio come ti amo* os casais se abraçavam e se beijavam apaixonadamente. Na última noite de Elvira e Rafael em Cabo Polonio todos formaram uma roda e dançaram juntos. Cada um com seu sotaque, todos cantavam com Rita Pavone e muitos choravam. De emoção, de prazer por aquele momento de tanto afeto ou, mais provavelmente, por saberem que aquela situação não mais se repetiria. Quando terminou a música e todos ficaram estáticos, como se relutassem em voltar à realidade, o dono da pousada anunciou: "Hoje a cerveja é por conta da casa". Numa reação com certeza exagerada, todos o abraçaram e beijaram. Mais do que uma oferta etílica, aquela frase serviu para que os hóspedes extravasassem o carinho que os havia unido.

Formaram um grupo no WhatsApp batizado, claro, de Rita Pavone. Decidiram que cada um escreveria em seu idioma e os outros se ocupariam de traduzir. No começo, foi um grupo muito ativo, mas com o tempo as mensagens rarearam, como costuma acontecer com as amizades de férias. Mas o afeto e a lembrança permaneceram. O israelense algumas semanas depois visitou São Paulo e ficou hospedado no apartamento de Rafael e Elvira. E quando o casal foi ao Chile, encontrou-se com um dos mochileiros.

Para Elvira, um efeito colateral das férias naquele lugar isolado foi ter se desligado quase totalmente do trabalho. Só lembrou dele quando retomou o contato com Ernesto, já a caminho de Montevidéu, onde Rafael tomaria o avião de volta a São Paulo e ela se encontraria com o amigo argentino para levar adiante a entrevista com o velho escritor.

No aeroporto de Carrasco, quando se despediu de Rafael, sentiu uma ponta de tristeza. Em poucos dias se reencontrariam em São Paulo, mas depois de umas férias tão gostosas e os dois tão unidos, sofria com a ideia de se afastar dele.

— Tomara que esses dias passem logo — disse Rafael ao se despedir.

— Estava pensando a mesma coisa — ela respondeu. Aquele clima de nó na garganta foi ruidosamente interrompido pelo Ernesto, com seu jeito pouco discreto de chegar aos lugares.

— Não quero ver ninguém chorando por aqui. Venham, me beijem a mão, tomem a bênção do cupido e me abracem — convidou. Não havia clima de nostalgia que resistisse àquele espalhafatoso ser.

— Ernesto, que britânico você é — festejou Elvira ao vê-lo.

— Não me venha com provocações. Tudo menos isso — protestou Ernesto, que como todo argentino não engolia a apropriação das Malvinas pelos ingleses. Qualquer referência a eles era considerada um comentário de péssimo gosto.

— Desculpa. Foi só para mostrar minha surpresa com a tua pontualidade.

— 'Nosotros', argentinos, somos mais pontuais do que eles. Chegamos antes do horário.

Era verdade. Ernesto aguardava no aeroporto já havia algumas horas. Quando conversou com Elvira havia mentido que estava embarcando em Buenos Aires. Na realidade, para não correr qualquer risco de se desencontrar da amiga, havia chegado bem cedo a Carrasco.

Esperaram Rafael embarcar e, de braços dados, saíram do aeroporto para tomar um táxi em direção a

Pocitos, onde ficariam hospedados num hotel perto da 'rambla'. Os dois ainda tinham alguns dias para sentir Montevidéu antes da entrevista que Cláudio havia conseguido agendar. Ambos estavam muito ansiosos, mas por motivos diferentes. Elvira estava nervosa e sua preocupação tinha a ver com um perfeccionismo que a transformava com frequência numa pessoa insegura. A ansiedade de Ernesto era mais mundana. Estava prestes a realizar o sonho de se encontrar pessoalmente com um de seus maiores ídolos. "Nem acredito que em poucos dias estarei diante dele. Será que não vai acontecer alguma coisa com ele ou comigo antes?", pensara várias vezes. Para não desafiar a sorte, tomou decisões radicais. Nada de bebida alcoólica ou comida que pudessem provocar algum desarranjo. Se acontecesse um acidente que impedisse seu encontro com Milies, sofreria muito, mas se conformaria. Mas se fosse por imprudência de sua parte, jamais se perdoaria.

Passaram os dias anteriores à entrevista passeando por Montevidéu, caminhando pelo calçadão da Sarandi, visitando museus, livrarias e procurando entender a lógica da cidade. Foram várias vezes a um café na Ciudad Vieja frequentado por Milies e onde chegou a ambientar diversas passagens de seus livros. No terceiro dia, quando um dos garçons já os reconhecia, decidiram testar o grau de intimidade entre aquele bar e o futuro entrevistado.

— Você conhece o escritor Sebastián Milies? — perguntou Elvira.

— Claro. Até uns cinco ou seis anos atrás, esta era sua segunda casa — respondeu o garçom, que tinha o apelido de Pocho.

— E como era a rotina dele aqui? — emendou Elvira.

— Não diria que é uma pessoa muito chegada a

rotinas. Às vezes passava para tomar um café ou uma grapa, lia rapidamente o jornal e saía em seguida. Às vezes ficava horas. Quando queria conversar, sentava-se numa das mesas perto da janela. O café ficava cheio de gente querendo falar com ele ou só estar por perto. Outras vezes chegava, nem nos cumprimentava, e escolhia uma mesa ao fundo. Podia passar horas olhando para a xícara sem dizer nada. Nesses dias não chegávamos perto e nem deixávamos ninguém se aproximar. De tempo em tempo dava uma piscada e nós levávamos mais um café e água com gás. Não falava e nem escrevia nada. Só olhava fixamente para a xícara ou na direção da janela.

— Ele é simpático, educado? — quis saber Ernesto.

— Um 'caballero'. Muito atencioso com todos. Exceto quando queria ficar só. Sempre que lançava um livro, fazia aqui uma sessão de autógrafos. E dava um exemplar com dedicatória para cada um de nós. Li todos — respondeu Pocho. E saiu para atender outros fregueses com aquela formalidade cortês típica dos garçons uruguaios.

— Preciso te confessar uma coisa, Vira. Já fui apaixonado por ele — comentou Ernesto. Ela riu, mas notou que não era brincadeira. O olhar de Ernesto ficou sério, melancólico. Ele abaixou o rosto e continuou sua confissão. No passado, contou, chegou a imaginar que Milies também fosse *gay*, embora não o admitisse publicamente. Em seus livros sempre havia personagens homossexuais e, com frequência, eram os mais interessantes. Por isso, pensou que sua paixão poderia ser correspondida.

— Até mandei várias cartas para ele declarando meu amor, usando o pseudônimo de Rulo — apelido de Raul —, que era o nome do personagem homossexual de uma de suas histórias. Escrevi sobre minha disposição de atravessar o Rio de la Plata imediatamente e vir morar aqui, caso houvesse uma possibilidade, por menor que fosse, de nos conhecermos melhor. Depois de umas dez cartas, ele me respondeu muito educadamente explicando que entendia e respeitava meus sentimentos, mas que não poderia corresponder por ser hétero.

Elvira ficou tocada com essa história, mas não entendeu por que somente agora ele a estava contando.

— Se tivesse te falado antes você iria me trazer junto? — perguntou Ernesto.

— Como amiga, sinto muito, Ernesto. Não deve ser fácil conviver com a ideia de que em poucos dias você vai estar frente a frente com uma grande e impossível paixão. Mas como jornalista, te peço para que teus sentimentos, por mais nobres que sejam, não interfiram na entrevista.

— Fica tranquila, querida. Sou intenso, mas sei muito bem controlar meus impulsos. Eu me preparei muito para este momento. Só estou te contando isso para que você, uma profissional notável e um ser humano totalmente imaturo quando o assunto é capturar sutilezas, consiga perceber o poder de atração deste homem. E cuidado, minha amiga, para não se deixar encantar por esse mestre na arte da sedução.

Elvira não conseguiu segurar a risada.

— Vamos aproveitar que estamos na Ciudad Vieja e visitar o *Mercado del Puerto*? — propôs ela. — Vi no mapa que fica a poucos quarteirões daqui.

A casa de Milies também ficava no bairro de Pocitos, numa rua que desembocava na 'rambla'. Por isso decidiram ir a pé. Para Ernesto, que sugeriu a caminhada, fazer esse percurso ajudaria a controlar a ansiedade. Elvira topou na hora, porque ainda queria organizar mentalmente como conduziria a entrevista. "Se ele entender português, prefiro fazer as perguntas em português e ouvir as respostas em espanhol. Se não, vou ter que superar minha timidez e falar também em castelhano", refletiu Elvira, contente por contar com a presença do amigo para salvá-la de eventuais bloqueios.

A seu lado, Ernesto caminhava respirando pausada e profundamente, como se estivesse num exercício de meditação. Em silêncio, demoraram pouco mais de 15 minutos para chegar à casa do escritor. Moradores de metrópoles, ainda não haviam se acostumado à noção de distância dos montevideanos. O rapaz da recepção do hotel disse que não era muito perto e eles traduziram essa informação como sendo uma meia hora de andança. E mesmo tendo parado duas vezes para pedir informações, levaram metade do tempo estimado.

— 'Dios mio'! Só fico assim tão tenso quando vou buscar os resultados dos exames de sangue — comentou Ernesto.

— Vamos fazer hora naquele café. Não podemos atrasar, mas chegar 15 minutos antes é muito deselegante — propôs Elvira.

Da janela do café Elvira ficou observando a rua de calçadas largas. "Como são lindas as ruas deste bairro", pensou. Tranquilas, arborizadas, com essas calçadas enfeitadas por canteiros.

— Acho que a largura da calçada é a medida do respeito que as cidades têm pelos seus cidadãos — disparou Elvira para um Ernesto que certamente estava com o pensamento muito distante desse detalhe.

— É verdade, querida, mas por que você me diz isso agora? — perguntou.

— Por nada, esquece...

Quem atendeu a campainha foi Lucía, sobrinha de Milies. Ela os recebeu com aquele tom educado e cordial, mas formal, com que os uruguaios tratam as pessoas que não conhecem. Ela e seu marido, Rodolfo, moravam com o escritor – ou o escritor com eles.

— *Hola*, Sebastián espera por vocês no escritório. Meu tio pediu para lhes dizer que gostaria de ter atendido a porta, mas anda meio preguiçoso nestes dias de verão. Aliás, ultimamente ele tem estado muito preguiçoso — comentou Lucía.

Elvira gostou da intimidade com que Lucía se referia ao tio. Esse tratamento mostrava que Milies não era uma pessoa arrogante, como tantos escritores que havia entrevistado.

Apesar de toda a expectativa criada por Ernesto, a primeira imagem que Elvira teve de Milies não era muito diferente à de qualquer outro homem na casa dos 80 anos. Cabelos quase totalmente brancos, pele enrugada, algumas manchas nas mãos. Com certa dificuldade, levantou-se da poltrona para cumprimentá-los.

— '*Mucho gusto, señor Milies*', disse Elvira, caprichando ao máximo no espanhol.

— Você pode falar em português se preferir. Eu tenho um prazer muito grande de ouvir teu idioma bem falado. Adoro a pronúncia musical dos brasileiros, principalmente das brasileiras — disse Milies.

— Claro. Mas o senhor pode falar espanhol. Eu entendo bem. E se tiver alguma dúvida, conto com a ajuda de Ernesto Rubio, da Argentina.

E num gesto Elvira apresentou seu amigo.

— É uma honra muito grande conhecê-lo pessoalmente, senhor Milies — cumprimentou Ernesto, formalmente, apertando a mão do escritor e inclinando-se levemente, numa quase reverência. Milies sorriu daquele gesto e piscou, irônico, para Elvira, comentando:

— Deve ser a primeira vez que um argentino faz uma mesura dessas a um uruguaio.

Todos riram, inclusive Ernesto.

— 'Mucho gusto', Ernesto, tenho um carinho muito especial pelo teu país — retribuiu o escritor.

A frase poderia ser uma mera resposta formal, educada, mas tanto Elvira quanto Ernesto não duvidaram da sinceridade da declaração.

"Ufa. Passamos bem pelo primeiro momento", pensou Elvira.

Como costumava fazer nas entrevistas, Elvira deu uma rápida e atenta olhada ao redor, procurando identificar detalhes que a ajudariam a compor a personalidade, os gostos e hábitos do entrevistado. Notou que a sala era muito aconchegante, mas que os móveis e a decoração haviam sido planejados para dar conforto nos meses de frio. No calor, pareciam pesados. Na parede alguns quadros, inclusive um de Torres-Garcia, e muitas fotos. Uma lhe chamou a atenção e acabou conduzindo as primeiras conversas por um caminho bem diferente do que ela havia planejado.

— O senhor conheceu o Vinicius de Moraes? — perguntou, surpresa.

— Sim. Eu diria que fomos amigos. Quem nos apresentou foi o Vilaró. Você sabe quem é?

— Sei. Estive há poucos dias em Casapueblo e o conheci pessoalmente. Uma pessoa maravilhosa, respondeu, satisfeita por poder exibir seu conhecimento.

— Vilaró e eu somos muito amigos, ele é um pouco mais velho, uns cinco anos, mas somos muito próximos — explicou.

Contou que numa de suas estadas em Casapueblo conheceu Vinicius de Moraes e se reencontraram algumas vezes, inclusive no Rio de Janeiro. — Ele era muito sedutor, encantador. E antes mesmo que você me pergunte, vou te adiantar uma confidência: ele inspirou alguns personagens de meus livros.

— Senhor Milies, como explicar que, sendo tão lido no mundo todo e com amigos no Brasil, ainda não tenha sido editado em português? Como o senhor sabe, no Brasil a boa literatura latino-americana é muito apreciada — indagou Elvira, já com o gravador em punho, num sinal de que a entrevista começara.

— Sinceramente, não sei. Talvez tenha sido por falta de empenho nosso, dos meus agentes, ou porque eu não faça boa literatura. Ou, quem sabe, meu estilo e minha temática não sejam muito do gosto de vocês.

Elvira logo notou que havia cometido uma grande deselegância e seu entrevistado acusou sutilmente ter sentido a estocada, mas não lhe deu importância.

— Você leu alguma coisa minha? — emendou, deixando para trás a involuntária impertinência de Elvira.

— Tudo. E várias vezes — apressou-se a responder Ernesto.

— Não vale, você é argentino. E você? — insistiu com Elvira.

Ela explicou ter lido alguns livros para se preparar para a entrevista. Antes disso não. Mas acrescentou ter achado sua obra muito interessante. Aprendera com Cláudio que nunca deveria aprofundar suas opiniões sobre o escritor ou sobre suas obras na frente dele. As considerações eram exclusividade dos leitores.

— Eu tenho uma teoria para a falta de interesse das editoras brasileiras, mas é pura especulação. Minha temática tem muito a ver com sedução, amor, desejo. Para os latinos de língua hispânica, e especialmente os uruguaios, que somos muito contidos e de certa forma conservadores, pode parecer atraente. Mas os brasileiros são sedutores e intensos por natureza. Para vocês, não acrescento nada que já não faça parte de seu dia a dia.

— E por que escolheu essa temática?

— Por preguiça — respondeu.

Elvira sorriu e imaginou ter encontrado ali o fio de sua entrevista, que até agora não tinha um gancho muito claro para ela, mas Milies não quis prolongar essas reflexões. Educadamente sugeriu: — Vamos conversar sobre meu trabalho.

Elvira ainda tentou argumentar que entender suas motivações para escrever sobre temas relacionados à sedução tinha tudo a ver com a sua obra, mas o velho escritor, sorrindo, retrucou:

— É verdade, mas sei que nessa direção vamos desembocar diretamente em mim. E eu sou um tema pouco interessante.

— Se você não se importar — prosseguiu — vou te falar sobre meu próximo livro e te revelar algo que talvez interesse a teus leitores. Estou escrevendo a história de um vendedor de suco de uma praia do Rio e de uma turista uruguaia que vai ao Brasil de férias, em julho, para fugir do nosso inverno. O vendedor se apaixona por ela e resolve vir a Montevidéu para encontrá-la. Claro que esse é só o mote que eu uso para falar dos contrastes de dois países tão próximos e que vão além da língua e da temperatura, mas que também são culturas muito parecidas. Gostamos de música, carnaval, futebol.

— E qual é a novidade?.— perguntou, procurando esconder a impaciência, já que a trama em si lhe pareceu bem bobinha.

— O livro deve ser lançado primeiro no Brasil. Um editor conterrâneo teu soube que parte da história se passa no Rio e pediu que lhe mostrasse os originais.

Gostou e mandou traduzir. Se for bem vendido, talvez ele publique outros trabalhos meus.

"Não acredito! Finalmente tenho um gancho", pensou Elvira.

— Posso dar essa informação em primeira mão? — perguntou Elvira.

— Claro. Conversei com o editor e ele gosta muito da tua revista. Disse que seria, inclusive, uma ótima estratégia de marketing. Você sabe, os editores falam em difundir cultura e conhecimento, mas no fundo pensam somente em cifras...

A entrevista durou pouco mais de uma hora. Milies tinha um compromisso com sua sobrinha. Combinaram de se encontrar no dia seguinte, nesse mesmo horário, mas no café de Ciudad Vieja frequentado por ele.

— Você sabe onde fica? perguntou o velho escritor.

— Sim, já estivemos lá — respondeu Elvira.

Um riso discreto, quase imperceptível, se desenhou no rosto de Milies. "Essa 'chica' sabe trabalhar", pensou. Elvira adorou a pausa até o dia seguinte. Teria tempo de digerir esse começo de entrevista e pensar com Ernesto o rumo que dariam à conversa. Também estava louca para contar a seu editor a novidade. "A sorte sempre ampara repórteres inseguros", refletiu.

— E então... me comportei bem? — quis saber Ernesto assim que saíram da casa do Milies.

— No primeiro teste você se saiu muito bem. Agora quero que você me ajude a pensar no rumo da matéria — respondeu Elvira.

— Claro que o lançamento do livro no Brasil é o melhor 'lead'... e o mais óbvio. Mas tem tantos assuntos que você pode explorar com esse 'dios'! — provocou o amigo argentino. Como se Elvira não tivesse sensibilidade para ir além do evidente.

— Cláudio, o próximo livro do Milies vai ser lançado primeiro no Brasil. Uma parte da história se passa no Rio — disparou Elvira assim que seu chefe apareceu no Skype.

— Que ótimo Vira. O gancho é muito bom, bem factual, mas você precisa mostrar quem ele é e como é importante para a literatura de língua hispânica. Se ninguém souber quem é, tanto faz lançar um livro aqui ou em qualquer lugar. Uma dica: tenta saber dele se os comentários sobre o exílio voluntário por ter sido amante da mulher de um milico na época da ditadura são verdadeiros. Existe todo um mistério sobre a inspiração de suas conquistas amorosas nos livros que escreve. Além de escritor de sucesso, o homem é uma lenda viva... não sei por quanto tempo ainda.

— Ele não quer falar de sua vida. Só da obra — lamentou Elvira.

— Você vai saber conduzir a conversa para esse lado. Tenho certeza. Um beijo, Vira.

— E para mim nada? — intrometeu-se Ernesto.

— 'Hola', Ernesto. Como está se saindo nossa Elvira? — brincou Cláudio.

— Por enquanto bem... Acho que ainda não foi fisgada pelos encantos do Milies. Parece que os anos trouxeram a ele mais charme ainda.

Quando desconectaram o Skype Elvira quis saber como Ernesto tinha tanta intimidade com seu chefe.

— Elvira, querida, pertencemos à mesma irmandade — limitou-se a responder.

Ela não tinha certeza se havia contado ao Cláudio sobre quem seria seu assistente argentino, mas a essa altura a informação não lhe pareceu importante. Sentiu uma pontinha de traição por terem escondido dela que se conheciam e, pelo jeito como conversaram, eram próximos. Ela achou melhor deixar isso pra lá. Afinal, devia seu trabalho na revista às referências que Ernesto tinha do Cláudio.

No "boliche", que era como Milies chamava o bar da Ciudad Vieja, foram recebidos pelo Pocho, que os cumprimentou com uma discreta inclinação da cabeça.

— Sebastián já chegou — informou, indicando o caminho para a mesa onde o escritor os aguardava. Elvira notou que também o garçom o tratava pelo primeiro nome e gostou dessa intimidade.

— 'Hola', como estão? — saudou Milies quando chegaram. — Desculpem não me levantar. Este calor deixa as minhas pernas pesando toneladas.

Apesar do tempo quente, pediram três cortados. Milies insistiu que provassem o croissant com presunto e queijo de lá, "certamente um dos melhores de Montevidéu".

Quando Pocho trouxe os cortados, os dois conversaram rapidamente sobre algum assunto relacionado a futebol. Pelo que Elvira entendeu, torciam para times rivais e Pocho ironizava algum resultado desfavorável para o de Milies.

— Bom Pocho, você sabe que o Peñarol se fortalece nos momentos mais difíceis — defendeu-se Milies e, encerrando a conversa, pediu que não deixasse que os incomodassem, pois agora tinha que conversar com estes dois forasteiros.

Pocho imediatamente assumiu um ar de leão de chácara, fez um cumprimento com a cabeça e recebeu de volta uma carinhosa piscadela do escritor.

— Este lugar é como minha segunda casa. Aqui eu me sinto seguro, protegido. Alguns personagens e várias passagens de meus livros foram inspirados aqui. Sempre que queria descrever um lugar em que os personagens estivessem aconchegados, atendidos, eu fechava os olhos e me imaginava neste boteco — explicou.

— O senhor frequenta este bar faz muito tempo? — perguntou Elvira.

— Desde quando cheguei a Montevidéu, na década de 40. Eu morava num quartinho aqui perto e sempre que tinha alguns vinténs vinha comer aqui. O Pocho veio trabalhar aqui muitos anos depois, ainda adolescente, para levar encomendas a casas e escritórios da vizinhança.

— Eu notei que no Uruguai se valoriza o que é antigo. As pessoas são fiéis aos lugares. No Brasil, especialmente em São Paulo, valorizamos mais o que é novo. O velho e o antigo se confundem na cabeça dos paulistanos — comentou Elvira.

— Essa cultura se aplica também às pessoas? — perguntou Milies, em tom jocoso — Preciso saber, porque se for verdade, talvez seja melhor não lançar o livro no Brasil. Um ancião como eu não vai ter a menor chance de agradar os leitores brasileiros...

Elvira e Ernesto riram.

Elvira estava ansiosa para retomar a entrevista. Já Ernesto se deliciava com cada palavra. Só de ficar diante de Milies, escutar sua voz tão próxima, sentir seu tom grave reverberando no ambiente, cruzar com seu olhar profundo para ele era um prazer que poderia se prolongar pelo resto do dia. Ou dos dias. Milies interpretou corretamente o pensamento de Elvira e propôs:

— Que tal voltarmos à nossa entrevista? Imagino que vocês tenham outros compromissos em seus países.

"Temos todo o tempo do mundo", pensou em responder Ernesto. Mas preferiu fazer um gesto de negação com a cabeça. Elvira foi diplomática:

— Teríamos um grande prazer de conversar com o senhor por horas, mas também não queremos abusar.

Milies, sem esperar que lhe perguntassem nada, retomou a conversa da véspera. Contou que ao falar sobre o desinteresse do Brasil por sua obra havia omitido uma informação importante. Nos primeiros anos de ditadura no Brasil, quando o governo do Uruguai ainda não havia sido tomado pelos militares, ele liderou um abaixo-assinado de intelectuais latino-americanos contra o regime militar brasileiro. Conseguiu o apoio de várias personalidades da região e o documento teve uma repercussão muito grande nos países vizinhos. No Brasil obviamente os militares não deixaram que esse documento fosse a público. Algum tempo depois, um editor brasileiro se interessou por publicar alguns livros seus. Já estava com as negociações bem avançadas, mas emissários do governo visitaram o dono da editora e ameaçaram que se publicasse seus livros sofreria retaliações. O editor o procurou para relatar o ocorrido e se desculpou por voltar atrás. Não tinha como resistir por duas razões. Os militares tinham uma forma muito persuasiva de fazer valer seus objetivos e o governo era seu principal cliente de livros didáticos, que respondiam pela maior fatia da receita da editora.

— Isso me desanimou um pouco — disse.

Mas não foi esse contratempo que mais o havia incomodado. Quando os militares assumiram o governo de seu país, em 1973, instalou-se uma ditadura cruel. Como o Uruguai era uma nação muito politizada, explicou ele, as perseguições políticas atingiram todos os setores da sociedade. Um dos mais próximos amigos de Milies, o advogado Henrique Suárez, foi preso e torturado até a morte. A partir desse episódio Milies decidiu se exilar na Espanha até o final da ditadura, em 1985. No exílio procurou intelectuais e artistas brasileiros, alguns deles apresentados por Vinicius de Moraes. Como tudo o que ocorre no Brasil sempre teve muita repercussão em seu pequeno vizinho do sul, imaginava que uma manifestação de personalidades brasileiras poderia ter impacto no Uruguai. No mínimo, calculara, perceberão que no Brasil há pessoas que acompanham o que acontece neste país 'chiquito'. E talvez aliviassem um pouco a mão nas perseguições e torturas. Não teve qualquer resposta. Nem ao menos um vago "vamos pensar".

— Senti que apesar de próximos geograficamente — nossas duas cidades ficam a 2 mil quilômetros de distância — tínhamos muitas diferenças, além da língua.

— O senhor ainda está magoado com essa falta de solidariedade? — perguntou Elvira.

— Fiquei magoado, mas hoje não estou mais. Passaram-se muitos anos e eu tenho como filosofia de vida me desfazer dos rancores. Os tempos são outros e não posso julgar as pessoas pelo que fizeram. Já tinham demasiadas lutas para travar em seu próprio país. Claro que não custaria mandar uma carta de apoio, mas passou. Não sou historiador para viver do passado. Além disso, em meu autoexílio na Espanha conheci um casal de brasileiros de quem à época fiquei muito próximo.

Quando chegou a proposta da editora brasileira para publicar seu próximo livro, Milies sentiu que aqueles episódios estavam definitivamente enterrados e decidiu aceitar.

— Qual é a sua expectativa em relação à receptividade de seu livro pelo público brasileiro? — indagou Elvira.

— A cada livro que eu lanço, entro em pânico. Aprendi muito com o passar dos anos, mas a experiência e a maturidade não me ensinaram a controlar essa tensão pré-lançamento, que apelidei de TPL. Você convive com muitos escritores e certamente sabe que ao fazerem críticas aos nossos livros, sentimos como se nós mesmos estivéssemos sendo julgados. E de certa maneira estamos. Não se trata da fabricação de um carro, que pode apresentar alguma falha de projeto. Um livro é nossa criatura. E certamente tenho muito medo da rejeição. Como você se sente quando alguém critica uma reportagem tua? — devolveu Milies.

Elvira preferiu não respondeu. Apenas concordou com a cabeça.

— Alguma de suas obras foi mal recebida pela crítica e pelos leitores?

— Vários críticos daqui do Uruguai desaprovam meus trabalhos sistematicamente. Com esses não me importo. Como também não me animam os que sempre me elogiam. Há críticos que eu respeito e que levantam pontos pertinentes sobre meus livros, que muitas vezes haviam passado despercebidos por mim. A esses dou grande valor. Chego a lhes telefonar elogiando a análise, mesmo quando são duros comigo.

— O senhor escreve pensando em agradar a quem? Aos críticos, ao público, a si?

— Acho que a resposta mais correta seria a mim mesmo, mas não seria a mais sincera. Claro que é importante também que os críticos gostem, porque o público vai atrás da opinião deles. Mas quando escrevo, só me interessa uma opinião: a da minha sobrinha, Lucía. É a pessoa mais franca e direta que eu conheço. E também a mais próxima. Ela e o marido, Rodolfo. Por isso, não mostro nada a ela enquanto o livro não estiver finalizado, impresso. Se ela ler antes, provavelmente fará tantos comentários, que vai me deixar inseguro e me fazer desistir de terminar o trabalho. Só lê quando o livro sai da gráfica e está pronto para o lançamento.

— O senhor se importaria se eu conversasse com ela para minha reportagem?
— Nem um pouco. Mas ela não vai querer falar. A Lucía daria uma excelente crítica literária, mas prefere guardar seus comentários para nossos jantares a três. Muitas vezes acaba comigo, mas o faz com tanta coerência e tanto carinho, que chega a me comover. E eu não tenho argumentos para contrapor.
— Posso tentar? — insistiu Elvira.
— Claro que sim. Mas aposto com você que ela vai dizer que todos os meus livros são maravilhosos, não tem predileção por algum em particular e que me considera o maior escritor uruguaio vivo.
Mais tarde, por telefone, Elvira tentou arrancar da Lucía alguma declaração sobre as obras de seu tio, mas as respostas foram mais ou menos as que Milies previra.
— Você sabia que ele escreve pensando em qual vai ser a tua opinião? — jogou Elvira, tentando convencer a sobrinha a responder alguma coisa. Mas Lucía não se deixou seduzir:
— Sebastián é um gozador — limitou-se a dizer, encerrando assim a conversa.

A reportagem sobre Sebastián F. Milies foi capa da edição. Elvira ficou muito satisfeita com o resultado de seu trabalho. Publicaram em primeira mão um trecho do livro que sairia no Brasil. Além disso, a história sobre o episódio ocorrido na época das ditaduras, que até mesmo no Uruguai era desconhecido, deu à matéria um tom de furo jornalístico. Cláudio também ficou contente por ter apostado numa boa história e, ao mesmo tempo, ter feito o gosto do dono da revista.

Aquela edição da revista Escrita saiu com o título *El señor del deseo* na capa. A linha fina explicava que "Uruguaio Sebastián F. Milies, ícone da literatura de língua hispânica, vai ser publicado em português pela primeira vez aos 85 anos de idade". E algumas frases chamavam a atenção para trechos da reportagem: o abaixo-assinado contra a ditadura que afastou a possibilidade de ter sido publicado no Brasil quase cinco décadas antes, além de histórias, verídicas ou não, que lhe renderam uma condição quase lendária.

Elvira normalmente levava um exemplar para casa, mas dessa vez se apoderou de três, com o consentimento de seu chefe, para enviar a Milies e a Ernesto.

Assim que chegou em casa, ligou para Ernesto. Quando a conexão do Skype se completou, para surpresa de Ernesto apareceu uma foto de Milies no lugar do rosto da amiga brasileira. Era a imagem da capa. O senhor do desejo ainda se mostrava charmoso, com um olhar profundo, sério.

— Saiu nossa reportagem, Ernesto. Ficou linda e na redação todo mundo adorou — disse Elvira.

Fez-se silêncio do outro lado. Ernesto estava lá, mas com a cabeça abaixada. Não disse nada por alguns instantes, até levantar os olhos e Elvira notar que estava chorando. Ela também parou de falar e ficou olhando, enternecida, aquela reação. Pela primeira vez seu amigo argentino lhe pareceu mais emocionado que teatral. Quase chorou também.

— Obrigado, Vira. Você não imagina minha felicidade. Posso te chamar daqui a pouco? — E desconectou a ligação. Queria absorver sozinho toda a emoção de ter participado desse trabalho, ter estado ao lado de Milies e ter ajudado sua amiga a apresentar, com as devidas credenciais, o escritor uruguaio ao público brasileiro. Sentiu que, de alguma forma, havia se conectado à história do homem que tanto admirava.

Enquanto aguardava que Ernesto se recompusesse para voltarem a conversar, seu celular tocou.

— 'Hola' Elvira, aqui fala Lucía, sobrinha de Sebastián. Como você está?

— 'Hola' Lucía, estou ótima. Aconteceu alguma coisa? — perguntou, temorosa em receber alguma má notícia a respeito de Milies.

— Não, ao contrário, Sebastián quer falar com você e me parece muito contente. Você pode atender?

— Claro, Lucía. Com muito prazer.

— Elvira, é Sebastián. Meu editor brasileiro contou

que saiu a revista com a reportagem sobre meu livro. Ele disse que é capa da edição e que o texto está muito bem escrito. Eu gostaria de te agradecer. Por isso tomei a liberdade de te telefonar, se não te incomodo.

— Puxa. Que bom que ele tenha gostado. Espero que o senhor também goste. Na realidade, me limitei a reproduzir o que contou e a publicar o trecho do seu novo livro, em português. Justamente estou com um exemplar que vou lhe enviar pelo correio.

— Muito obrigado. Foi um prazer te conhecer — disse Milies.

— Eu que agradeço por ter me recebido e dedicado algumas horas de seu tempo — respondeu Elvira.

— Quando estiver de novo por Montevidéu me avise. Será um gosto reencontrar uma jovem jornalista tão talentosa e inteligente.

— Claro. Pretendo voltar logo, porque gostei muito do seu país — encerrou.

Ao desligar o telefone, suas mãos tremiam. Embora ainda não estivesse totalmente convencida de que a obra de Milies merecia toda aquela devoção, havia notado, nas conversas com Milies e com as pessoas que conviviam com ele, que se tratava de alguém muito especial. E ficou sensibilizada pelo gesto tão humano de lhe telefonar para elogiar o trabalho. Em nenhum momento lhe pareceu que o fez por formalidade ou para ficar bem com ela. Aliás, pensou, Milies tinha o dom de dar muita autenticidade a tudo o que dizia.

Seu computador começou a avisar que havia alguém querendo conectar-se com ela via Skype. Do outro lado estava Ernesto, já reposto, e com o jeito falante de sempre.

— Vira, 'mi princesa', desculpa ter desligado. Realmente fiquei emocionado. A capa ficou linda. Espero que o restante também. Aliás, você vai me mandar um exemplar? Eu assino a Escrita, mas demora muito para chegar aqui. Acho que vocês vendem tudo o que podem para os brasileiros e se sobrar algum exemplar, mandam para nós.

— Ernesto, este exemplar é teu. Vou colocar hoje mesmo no correio. A reportagem foi muito bem editada. Tem seis páginas, além da capa. Com trecho do livro e tudo o que é de direito. O Cláudio adorou e pediu que te agradecesse por ter ajudado a me convencer a aceitar fazer a matéria. Aliás, eu desconhecia que ele sabia previamente dessa tua participação.

— Vira, querida, você não sabe de tanta coisa...

Ela não quis prolongar a conversa por esse caminho. Não era boa em diálogos teatrais, insinuados.

— O Milies acabou de me ligar para agradecer a reportagem. O editor brasileiro já leu e lhe telefonou contando. Realmente, teu ídolo é um cavalheiro. Fiquei bem tocada com o gesto dele.

— Eu te disse que há poucos seres humanos com a dignidade dele. Não disse?

— Você disse tanta coisa sobre ele. É capaz de ter dito isso também. Com essas palavras ou algumas parecidas — respondeu Elvira, lembrando de um detalhe que, sabia, deixaria seu amigo ainda mais emocionado.

— Ernesto, vou te ler só uma frase, que aparece logo ao início do texto. Acho que você vai gostar: "Reportagem de Elvira Fagundes, com a colaboração de Ernesto Rubio".

Seu amigo novamente abaixou o rosto e o apoiou entre as mãos. Dessa vez os ombros balançavam, deixando claro que o choro era ainda mais intenso.

— Ligo mais tarde, 'mi amor' — disse. E desconectou sem olhar para a tela.

Para surpresa de todos na revista, a reportagem teve uma enorme repercussão. Muitos leitores escreveram sobre a alegria que sentiam por poderem, finalmente, ter acesso a uma obra do uruguaio em português e vários se manifestaram fãs antigos do escritor. Algumas cartas também criticavam a revista por abrir tanto espaço a uma literatura menor. Mas somando os leitores favoráveis e os revoltados, a edição esgotou, como há muito tempo não ocorria.

A seção dos leitores do número seguinte foi praticamente toda ocupada por mensagens relacionadas à reportagem sobre Milies. Cartas de todo tipo. Elogios e críticas; breves considerações a respeito do autor até extensas análises sobre sua obra e as lendas que o cercavam. Uma em especial chamou atenção de toda a redação: "Você foi meu sonho e minha ruína. Espero que arda no fogo do inferno. E que me leve junto". No lugar da assinatura, apenas a letra K, deixando claro que a autora – ou seria autor? – daquela mensagem, enviada pelo correio sem indicação do remetente, não queria se identificar. A revista tinha por norma publicar somente cartas assinadas. Por isso, e por se tratar de uma mensagem pessoal dirigida ao escritor, o misterioso comentário foi encaminhado para Elvira e excluído do arquivo da seção.

Aquele bilhete circulou por toda a redação. Um dos jornalistas sugeriu que Elvira o mandasse para o escritor uruguaio, que certamente saberia decifrá-lo. Por mais que tivesse ficado curiosa, limitou-se a colocar a mensagem anônima numa pasta com outros textos que havia separado em suas leituras aleatórias sobre a vida de seu personagem. "O que será que ele aprontou com essa K?", pensou, com um sorriso que pretendia imitar um diabinho.

Elvira ficou animada, mas surpresa, com o convite enviado pela Fundación El Libro para participar da *Feria Internacional del Libro de Buenos Aires*. Talvez fosse indicação do Ernesto ou, quem sabe, a publicação da reportagem sobre Milies poderia ter feito os organizadores suporem que era uma jornalista brasileira interessada em literatura de língua hispânica. O certo é que o convite incluía todas as despesas e, como única condição, pediam que ela respondesse o mais rápido possível, para providenciarem passagem e estadia. Quando levou a notícia a seu chefe, a aprovação foi imediata. Vários autores brasileiros estariam lá e seria uma ótima oportunidade para fazer uma reportagem sobre o interesse do público argentino por escritores brasileiros.

— Pode confirmar. Faz tempo tinha essa pauta na cabeça, mas emperrava nos custos — respondeu Cláudio Neves.

Chegando em casa ligou imediatamente o Skype para contar a novidade para Ernesto. Com seu tom irônico, fingiu surpresa e soltou um *"nó me digas?"*, insinuando já saber de tudo.

— Ernesto, foi você que indicou meu nome?

— 'Bueno, te cuento'. Um amigo da *Fundación* comentou que gostariam de se aproximar mais da imprensa do Brasil e perguntou se eu conhecia algum veículo especializado em literatura. Mandei a ele uma cópia da tua reportagem e daí a resolverem te convidar foi uma questão de tempo. Só não contei a ele que temos um caso...

— Platônico — acrescentou Elvira.

— Platônico, mas intenso. Isso não interessa no momento. Você aceitou ou não?

— 'Por supuesto' — devolveu Elvira, que adorava essa expressão e sempre que podia a encaixava nas conversas.

— O Cláudio quer que eu faça uma matéria longa sobre o aumento da leitura de autores brasileiros em países de língua hispânica, especialmente na Argentina.

— 'Perfecto'. Me avisa a data certa que você chega e te pego no aeroporto. Vou retribuir tua cordialidade nas andanças pela Bienal do Livro e de quebra vou te mostrar que somos muito mais organizados, civilizados e cultos que vocês — provocou Ernesto.

— Não duvido. E também são menos humildes — brincou Elvira.

— 'Hasta pronto, mi amor'. Um beijo para teu 'guapo' companheiro. Por que ele não vem junto?

— Boa ideia, vou perguntar. Seria muito bom.

Quando desconectou o Skype ficou por alguns segundos com o sorriso preso no rosto. Como lhe fazia bem conversar com o Ernesto.

Caminhar com Ernesto pelos corredores da *Feria del Libro* de Buenos Aires foi uma experiência rica e ao mesmo tempo um tanto constrangedora. Ele queria aproveitar ao máximo aquela visita para, de um lado, mostrar ao mundo da literatura hispânica sua proximidade com a "imprensa" brasileira e, de outro, exibir para Elvira e Rafael – que na última hora concordou em ir junto – sua intimidade com aquele ambiente de editores, escritores e críticos literários latino-americanos. Com seu jeito sempre exagerado, apresentava Elvira como a "mais importante 'periodista literária del Brasil'". No início, envergonhada, ela tentava negar. Depois achou que seria mais simples dar uma risadinha que pretendia significar: "O Ernesto é um brincalhão". De qualquer forma, seu amigo argentino a colocou em contato com todos os que de fato interessavam e nas primeiras conversas ela já identificava quem poderia ser sua fonte para a reportagem.

— Elvira, Elvira — uma voz feminina gritava seu nome. Quando se virou, notou que Lucía vinha correndo em sua direção. Teve de imediato uma sensação agradável. Desde que a conheceu em Montevidéu havia simpatizado com ela.

— 'Hola' Elvira. Você se lembra de mim?

— Claro, Lucía. Que prazer te ver. Teu tio também está aqui?

Lucía retribuiu com um sorriso de satisfação a lembrança de seu nome e explicou que Sebastián detestava ir a feiras ou a qualquer evento literário, embora soubesse que eram importantes para divulgar seus livros. Mas por não ter paciência de participar, sempre a escalava para ir em seu lugar. E como ela gostava muito de viajar e sair um pouco daquele "mundinho" de Montevidéu, aceitava de bom grado. Naquela feira ela veio representá-lo porque seus editores do Uruguai estavam presentes com um estande e seu tio era o nome mais conhecido da editora. Também contou ter sido informada pelos organizadores de que Elvira estaria na feira e estava ansiosa por encontrá-la.

— Eu também me lembro de você — comentou Ernesto quando Lucía fez uma pausa, fingindo-se ofendido.

— Perdão, Ernesto, não quis ser descortês, mas fiquei com receio de perder a Elvira de vista no meio de tanta gente. Estava todo o tempo atenta, esperando localizá-la. Muito prazer de te ver — desculpou-se Lucía.

— Igualmente, Lucía. E este é Rafael, meu querido amigo 'brasileño' e, graças à minha interferência, namorado de Elvira.

— 'Mucho gusto', Rafael. Você também é jornalista?

— Não. Vim só como acompanhante. Não gosto muito destas feiras, mas estava com saudades do Ernesto e de Buenos Aires — respondeu.

— Eu também adoro Buenos Aires — disse Lucía. — O que mais me faz gostar daqui é a possibilidade de ficar anônima. Em Montevidéu você esbarra o tempo todo com algum conhecido, algum parente. Como somos 'poquitos', estamos todos sempre nos mesmos lugares. Acho que isso explica um pouco nosso jeito retraído, formal. Tememos que algum conhecido nos observe fazendo alguma coisa inconveniente. Não conheço a cidade de vocês, mas imagino que seja assim também, como Buenos Aires.

— Sim, numa dimensão ainda maior — comentou Ernesto.

Antes de se despedirem, Lucía propôs que fossem jantar juntos. — Assim eu me livro um pouco da chatice de estar o tempo todo com os editores e também podemos conversar sobre uma ideia que me ocorreu, disse Lucía.

Marcaram de se encontrar às oito da noite num lugar sugerido por Ernesto, que, segundo disse, "é o único de

Buenos Aires digno de ser chamado de restaurante".

— Vira, 'mi dulce niña', qual será a ideia que ela teve? — perguntou Ernesto assim que Lucía se afastou.

— No jantar vamos saber — respondeu Elvira, tentando disfarçar sua curiosidade, tão grande quanto a do amigo.

— E onde está a tua veia jornalística? Você deveria ter pedido ao menos uma dica do que se trata. Como vou suportar esperar até o jantar, passar por todas as formalidades iniciais, as entradas, até que ela chegue ao ponto? — desesperou-se o amigo.

— Vai suportar tomando um vinho comigo e com o Rafa em teu apartamento — cortou Elvira. Assim também ela procuraria dominar sua ansiedade.

Tomar vinho não foi uma boa ideia. No lugar de relaxarem aguardando o tempo passar, o álcool serviu de combustível para aumentar a agonia. Ernesto, como sempre, gostava de escandalizar:

— Talvez queira te propor um 'ménage' com ela e o tio?

— Pelo amor de Deus, Ernesto! — irritou-se Elvira. — Talvez queira que eu a ajude a planejar uma sessão de autógrafos quando o livro dele for lançado em São Paulo. Vamos esperar. Logo mais saberemos do que se trata.

Depois de alguns segundos de silêncio, um dos dois sempre voltava ao tema. O único concentrado em apreciar o vinho era Rafael, que se divertia com as explosões de curiosidade e as suposições do Ernesto, alternadas com ponderações de calma e racionalidade feitas por Elvira.

— Seja o que for, tenho certeza de que ela veio a Buenos Aires só para nos encontrar... quer dizer, te encontrar — proclamou Ernesto. Elvira não discordou. Também ela tivera essa impressão.

Alheio às divagações, Rafael enrolou um baseado para abrir o apetite.

— Ernesto, espero que o restaurante seja tudo isso que você falou. Eu vou comer um boi esta noite. Ofereceu o cigarro aos dois, que recusaram. Precisavam se manter lúcidos.

Chegaram ao restaurante um pouco antes da hora marcada. Não queriam deixar Lucía esperando sozinha. Escolheram uma mesa que dava para avistar quem entrava. Elvira e Ernesto pediram água com gás. Rafael queria continuar tomando vinho, mas preferiu esperar a chegada de Lucía para saber se o acompanharia. Pediu um refrigerante à base de 'grapefruit'.

— Achei que os brasileiros apreciassem mais o álcool — brincou Lucía ao chegar e observar as garrafas na mesa. — Se não forem abstêmios, sugiro tomarmos vinho. Tenho certeza de que Ernesto pode nos indicar algum bom.

— Estávamos te esperando para saber se você também queria vinho. Modéstia à parte, não há vinhos como os argentinos. Que tal um malbec? — sugeriu Ernesto.

— Adoro os malbec argentinos — concordou Lucía. E dirigindo-se a Elvira, perguntou o que havia achado de Montevidéu.

— Uma cidade encantadora. Pequena, tudo é próximo. As pessoas são muito amáveis e civilizadas. Para quem vem de uma cidade superpovoada e tensa, como São Paulo, parece que se está em outro planeta ou em outra época.

"Vamos logo ao que interessa", pensava Ernesto, que não estava nem um pouco interessado nessa conversa entre as duas.

— Sim, é uma cidade linda — disse Ernesto, tentando encerrar o assunto. Elvira também estava com a curiosidade à flor da pele, mas preferiu aparentar calma. E continuou falando sobre suas lembranças montevideanas.

— O que me marcou mais, Lucía, foi o cheiro de jasmim que se espalha por toda a cidade. Jasmim é minha flor predileta, não só pelo aroma, mas pelo nome. Eu acho jasmim muito sonoro. Se um dia tiver uma filha, vai se chamar Jasmim.

E repetiu em voz alta 'Jasmim', deleitando-se com a sonoridade do nome. "Meu Deus! Nunca vi a Elvira falar uma frase tão longa. Será que esqueceu o ponto central desta conversa?", desesperava-se Ernesto.

— Sim. É um nome lindo, um cheiro delicioso, uma flor delicada — disse Ernesto, tentando novamente finalizar as preliminares. Estava sentado ao lado de Lucía e como se sentia em seu território achou-se no direito de dar novo rumo à conversa.

— Lucía, minha querida, não sei quanto a este simpático casal de brasileiros, que talvez por alguma falta de intimidade com nosso idioma tenha deixado passar parte da conversa na feira, mas eu fiquei interessado em saber qual é a ideia que você gostaria de comentar com a Elvira.

E olhando para Elvira, como querendo assumir inteiramente a responsabilidade por uma possível precipitação, acrescentou: — Desculpa, querida, talvez você não tenha entendido, mas a Lucía comentou de passagem sobre uma ideia que gostaria de te contar.

Elvira ficou calada e envergonhada. Lançou um olhar de raiva na direção de Ernesto. "Além de precipitado, ele insinuou que meu espanhol é fraco".

Lucía sentiu a tensão no ar e percebeu que, claro, a curiosidade de Elvira também era grande. Como sua intenção não era deixá-los ansiosos e muito menos provocar um desentendimento entre os dois, procurou logo tornar o ambiente mais leve.

— Sim, claro, esse é o principal motivo que me levou a convidá-los a jantar, além de ser um prazer enorme estar com vocês. Desculpem ter demorado a entrar no assunto, mas não pensem que é algo extraordinário. Apenas uma ideia que gostaria de dividir com a Elvira.

Contou que o editor de seu tio há tempos insistia que fosse escrita sua biografia. Não uma biografia baseada nas lendas e comentários a seu respeito, mas uma biografia autorizada em que ele contasse sua verdadeira história, esclarecesse as tantas suposições surgidas sobre sua vida e que até hoje ninguém sabia ao certo o que era real e o que era lenda.

— Como ele está com certa idade — prosseguiu Lucía — o editor supõe, com razão, que há urgência em se fazer esse trabalho. Com o passar dos anos a cabeça começa a embaralhar realidade e imaginação, a memória muitas vezes falha e, sejamos realistas, ele não tem tanto tempo para adiar seus relatos.

Segundo Lucía, Sebastián concorda com seu editor e disse que também gostaria de contar a sua história, corrigir muito folclore criado a respeito de sua vida, mas que não via quem poderia fazê-lo com isenção. Tinha certeza de que deveria ser um jornalista, porque se fosse um historiador ou um acadêmico ele se sentiria um objeto a ser estudado, decifrado, e não um ser humano, com suas fraquezas, medos e até virtudes. Os jornalistas que conhecia, entretanto, eram todos parciais. Ou o idolatravam ou o criticavam sistematicamente. Quando Sebastián leu a reportagem escrita pela Elvira elogiou, pela primeira vez, um texto feito a respeito dele. Não por ser favorável – ele prefere ser criticado a ser bajulado – mas pelo distanciamento.

Lucía contou que ao terminar a leitura da reportagem da Escrita, seu tio comentou: "Gostei. Fica claro que essa 'niña' até um tempo atrás não fazia ideia de quem eu era. Ela escreveu sem qualquer preconceito, nem a favor, nem contra". Nesse dia Lucía começou a imaginar que provavelmente seria esse o perfil desejado pelo tio para o profissional que poderia escrever sua biografia. Alguém que não fosse fascinado por ele e por sua obra e que também não abominasse seu trabalho e o censurasse por suas alardeadas aventuras.

— Elvira, eu não comentei nada a respeito com meu tio, até porque ele é muito sensível, como uma criança mimada. Não sabe assimilar uma negativa. Por isso quis te consultar antes de lançar essa sugestão. Você aceitaria, caso ele concorde, escrever sua biografia?

Elvira respirou fundo e tomou quase toda a taça de vinho de um só gole. Seu primeiro impulso foi descartar de cara a proposta com a mais verdadeira resposta: "Não me sinto à altura desse trabalho". Nas editoras onde trabalhara já havia revisado algumas biografias e ficara impressionada com a riqueza de detalhes levantados e com a consistência com que a história do personagem retratado era construída. "Que situação! – pensou Elvira – acho que teria preferido a proposta do *ménage*."

Ela não percebeu que ficou em silêncio, pensativa, por um tempo longo. Todos a olhavam aguardando uma resposta, algum comentário ou ao menos uma reação. Lucía parecia a mais compreensiva. Segurou sua mão procurando acalmá-la. Rafael, talvez pelo efeito do cigarro que acabou fumando sozinho, parecia prestes a explodir numa risada. Ernesto a encarava com uma seriedade fulminante que ela traduzia com clareza: "Aceita logo. É a oportunidade da tua vida".

— Lucía, desculpa meu silêncio — disse ela finalmente. Você não imagina a honra que sinto só de você ter pensado em mim para esse trabalho, mas, sinceramente, não sei se sou a pessoa mais indicada. Nunca escrevi uma biografia, moro em outro país, realmente só soube da existência do escritor Milies há poucos meses e não sei se meu chefe vai me liberar. Eu vivo do meu salário.

— Creio que preciso interpretar corretamente para Lucía o que você gostaria de ter dito — intrometeu-se Ernesto. — É claro que você é a pessoa mais indicada, tem total capacidade para fazer um trabalho brilhante, à altura do estimado Sebastián F. Milies, e certamente teu chefe vai te liberar, apoiar e manter teu emprego. Ele é uma pessoa sensível, entende de literatura como poucos em teu país e talvez conheça teus potenciais mais até do que você mesma. Quase tanto quanto eu conheço.

— Elvira, não quero que você se sinta pressionada — disse Lucía, quase censurando o jeito incisivo de Ernesto. — Eu não esperava outra resposta de você a não ser essa dúvida. Sinceramente, tua reação me faz acreditar ainda mais em que você é a pessoa indicada para o trabalho. Mas realmente não quero que seja uma imposição ou um peso para você. Além do que, ainda preciso ter o aval do nosso personagem central. Vamos combinar assim: você pensa com calma, avalia todos os pontos e se estiver inclinada a aceitar voltamos a conversar. Não há tanta pressa, mas também não temos todo o tempo do mundo. Como você sabe, ninguém é eterno. Nem mesmo Sebastián, apesar de que ele está convencido do contrário.

O jantar terminou com uma rodada de grapa e outra de sobremesa. Todos pediram pudim de 'dulce de leche'. Elvira apenas beliscou o seu, para alegria de Rafael, que se encarregou de comer também o dela.

Ao se despedirem, Lucía comentou que na manhã

seguinte voltaria a Montevidéu. Na realidade, sua missão em Buenos Aires estava encerrada.
— Não posso deixar meus dois homens sozinhos. Acabam comendo só porcaria, bebendo e jogando baralho dia e noite. Segurou a mão de Elvira e perguntou: — Podemos conversar em uma semana? Se você aceitar, falo no mesmo dia com Sebastián. Se não, fica tranquila que vou te entender perfeitamente e o assunto morre entre nós quatro.
— Claro. E obrigado por ter pensado em mim — respondeu Elvira.
Voltaram caminhando para o apartamento de Ernesto. Ficava a uns dez quarteirões do restaurante. Ernesto não parava de falar, argumentar e chegou a se ajoelhar diante de Elvira suplicando que aceitasse: — Tua existência vai mudar de patamar. Você vai ter o nome relacionado a um dos maiores escritores de língua hispânica e um dos seres humanos mais fascinantes do nosso século. Elvira sorriu. Não respondeu. Estava ocupada demais com seus pensamentos.
No dia seguinte, quando Lucía desembarcou em Carrasco, seu tio e o marido, Rodolfo, a aguardavam no saguão do aeroporto.
— Conversaram? Você acha que ela vai aceitar? — perguntou ansioso Sebastián.
— Não sei. Como imaginávamos, sua razão é mais forte que a ambição. Voltaremos a falar em uma semana. Até lá, tenta controlar a tua agonia — respondeu Lucía.

De volta à redação Elvira avisou Cláudio que enviara por *e-mail* o texto da reportagem sobre a Feira do Livro de Buenos Aires e aproveitou para lhe pedir um tempo para conversarem.

— Claro, só vou ler teu texto e em seguida te chamo.
Desde que voltara de Buenos Aires o assunto não lhe saía da cabeça. Rafael, sempre direto e objetivo, desaconselhava. Alegava que Elvira não era uma pessoa muito propensa a mudanças e a se lançar em desafios como esse. Teria que passar muito tempo longe de casa, viajando entre Montevidéu e São Paulo. E sem ter certeza de que o biografado teria uma história de vida que valesse a pena contar.

— Se fosse você, ligava pra sobrinha, agradecia o convite e cortava por aqui.

A decisão não era tão simples. A chance de render uma boa biografia lhe parecia real. Não era possível que tanta gente admirasse e fizesse ilações sobre a vida de uma pessoa desinteressante. Se fosse simplesmente um blefe, teria sido desmascarado há muito tempo. Também havia ficado muito entusiasmada com o estilo de Milies, que costumava entrar em temas que facilmente poderiam resvalar para o grotesco, mas ele jamais escorregou, pelos menos nos livros que lera até então. Além do mais – e isso ela só admitia muito intimamente, por não lhe parecer um critério profissional –, ficara encantada com o modo de ser de Milies. Ele despertava um fascínio que se escorava muito mais em sua simplicidade e na atenção dedicada às pessoas do que em sua fama e erudição. Se dependesse de sua vontade, toparia o desafio, mas dependia da aprovação do Cláudio.

— Cláudio, recebi um convite muito interessante e gostaria que você me ajudasse a decidir. Não como chefe, mas como amigo e, digamos, mentor — começou a falar Elvira. Ele se manteve atento, sem qualquer comentário ou reação.

— Em Buenos Aires — prosseguiu Elvira — encontrei com a sobrinha do Milies e ela pensou em sugerir meu nome para escrever a biografia dele.

Cláudio relaxou e chegou a abrir um sorriso discreto. Quando ela mencionou ter recebido um convite, temeu que fosse de outro veículo. Ela contou como havia sido a conversa, a resistência que Milies havia colocado a outros jornalistas e o interesse do editor em começar logo as entrevistas aproveitando que ele ainda estava bem lúcido.

— Não foi um convite e sim uma sondagem. Ela acha que eu seria aceita pelo tio, mas ainda precisaria passar pela aprovação dele. O que você acha, sinceramente? Seria uma boa experiência na minha carreira? Eu daria conta desse trabalho? Não sei se tenho capacidade de escrever um livro, ainda por cima uma biografia sobre uma pessoa tão instigante. Estou entusiasmada, mas confusa e insegura com a ideia. Por isso quero muito saber a tua opinião — disse, quase em tom de súplica.

Pela extensão do preâmbulo para uma jornalista de ótimo texto e poucas palavras, notou que o assunto era, de fato, muito importante para ela.

— Vira, pensando como teu editor, eu sentiria muito a ausência. Teríamos que ver como preencher teu lugar temporariamente. Pensando como amigo e como profissional, eu não deixaria fugir essa oportunidade nem sob ameaça de armas.

Elvira respirou aliviada. Cláudio não apenas achara interessante a proposta como, sutilmente, deixou claro que a vaga dela na revista a aguardaria voltar. A partir dessa primeira reação a conversa fluiu solta. Elvira voltou a deixar claro que, mesmo aceitando, ainda precisava do aval de Milies. Cláudio propôs que, se o projeto se concretizasse, ela tirasse uma licença não remunerada de seis meses para a parte mais trabalhosa, de pesquisa e entrevistas, e depois voltariam a conversar para ver se poderia conciliar as tarefas seguintes com o trabalho na revista.

E fez um pedido: — Gostaria de publicar alguns trechos da biografia com exclusividade no Brasil. Você consegue isso? — Elvira se comprometeu a colocar essa cláusula como uma condição, caso fosse aceita por Milies.

Nas conversas de Buenos Aires combinaram que Lucía ligaria depois de uma semana para saber a resposta de Elvira. Por isso, apesar da ansiedade de telefonar para contar imediatamente sua decisão, Elvira se conteve. Ainda faltavam alguns dias até o fim desse prazo. Já Ernesto não precisava esperar. Ao contrário, sabia que a cada minuto seu amigo ficava mais angustiado.

— Ernesto, eu topei e o Cláudio me apoiou. Agora só falta a Lucía me ligar para eu dar a notícia e aí a ansiedade mudar de lado. Sei que vou ficar muito tensa até ter uma resposta. Odeio ser alvo de um julgamento.

— 'Mi princesa', você tomou uma decisão sábia. Essa é uma oportunidade que raramente aparece. Eu sei que você é insegura, imatura e detesta se expor, mas há um momento na vida em que as pessoas precisam escolher entre se destacar de alguma forma ou se manter no limbo da mediocridade — comentou Ernesto, num discurso que parecia ensaiado.

— Ernesto, você sempre tão amável — ironizou. — Minhas dúvidas são muito objetivas. E se eu perdesse o emprego quando terminasse esse trabalho? E se o Rafa não quisesse que eu ficasse longe por muito tempo? E se... — defendeu-se Elvira.

— 'Cagona, pelotuda' — interrompeu Ernesto, no mais genuíno estilo portenho. — Não há motivo no mundo, seja racional, emocional ou espiritual, para justificar uma recusa tua. E quer saber de mais uma coisa: se estivesse em teu lugar, ligava já para Lucía e contava que tinha decidido aceitar o desafio. Assim você abrevia a nossa aflição.

— Ernesto, deixa fazer do meu jeito. Não quero expor minha ansiedade para fazer esse trabalho.

— 'Pelotuda', não disse? A velha tática de esconder os sentimentos para que as pessoas não te julguem — atacou Ernesto. — Você quer ou não quer?

— Agora que decidi, quero muito.

— Então, conta isso para a Lucía. A sinceridade, ao contrário do que você imagina, jamais pode ser confundida com fraqueza. Só os fortes têm coragem de se expor. E pelo pouco que conheço da Lucía, no time dos fortes ela é capitã.

— Já parou de me analisar, Ernesto? Agora me dá um tempo para pensar. E não liga para ninguém sobre isso. Nem para o Cláudio, nem para o Rafa e muito menos para a Lucía. Você promete? — pediu Elvira.

— Ok, prometo. Mas te dou só meio-dia. Depois falo com quem eu achar que devo falar. Inclusive com o Milies, talvez...

— Não se atreva! Por favor — rogou Elvira, que conhecia seu amigo e temia sua total falta de escrúpulo.

— Vira, não se preocupe. A decisão é tua e o direito de conduzir as conversas como achar melhor também é 'solamente' teu. Só estou pressionando porque sei o quanto esse trabalho pode ser importante para você. Liga quando quiser, mas não tenha medo de expor claramente teus sentimentos e desejos. Você e eu somos o oposto nesse quesito. Eu sou excessivamente exposto e você totalmente fechada. Precisamos nos ajudar mutuamente para encontrar um meio-termo. E minha missão, neste momento, é puxar a tua corda um pouco mais para meu lado. Também tenho aprendido com você a ser um pouco mais reservado.

Desligaram com as costumeiras juras de amor. Elvira ficou com as palavras de Ernesto na cabeça. De fato, ela sempre tinha receio de se expor. Talvez essa atitude agora pudesse ser confundida com desinteresse ou arrogância. Buscou em seu celular o número de Lucía e chamou. Assim que Lucía atendeu, aparentemente surpresa, Elvira lhe contou sua decisão e que teria um prazer enorme em fazer esse trabalho desde que, claro, Milies aceitasse seu nome.

— Fico muito feliz com sua resposta, Elvira.

— Você acha que ele vai concordar com meu nome? — perguntou Elvira.

— Elvira, agora que você aceitou vou te contar: a ideia de te convidar foi dele. Mas, como te disse, meu tio tem muito medo de ser rejeitado. Inventamos essa história imaginando a possibilidade de você recusar. Nesse caso ele não ficaria exposto. Estávamos pensando em alguma forma de te fazer esse convite sem que parecesse muita pressão de nossa parte. E quando soubemos que você iria a Buenos Aires achamos que seria uma ótima ocasião para te encontrar e fazer o convite com naturalidade. Assim que desligarmos vou contar a ele. Você não imagina como estava sendo difícil esperar que passasse uma semana para te ligar. Parecia uma criança esperando chegar o aniversário para receber presentes.

Quando desligaram, Elvira foi tomada por sentimentos dúbios. De um lado estava feliz por saber que o próprio Milies havia pensado nela para escrever a biografia. Não precisaria passar por seu crivo, que já havia rejeitado outros nomes. De outro, sentiu aumentar o peso de sua responsabilidade.

Em meio a esses pensamentos, tocou seu celular.

— 'Hola', Elvira. Aqui fala Sebastián.

Sentiu seu coração disparar e suas mãos começaram a suar intensamente.

— Oi, como vai o senhor?

— Agora muito bem. A Lucía me contou que você aceitou o trabalho e devo lhe dizer que fiquei muito feliz e honrado.

— Senhor Milies, eu é que estou muito honrada por ter recebido o convite. E na realidade não sei se estou preparada para fazer um trabalho à altura de sua história — respondeu Elvira, surpreendendo-se com a facilidade com que mostrou sua fragilidade.

— Olha, Elvira, quando li a reportagem que você escreveu a respeito do meu trabalho fiquei encantado com teu estilo conciso, direto, sem os floreios das narrativas de meus conterrâneos. E o que mais me agradou foi a tua isenção. Sem paixão e sem rancor. Você retratou a mim e às minhas obras com a objetividade que nunca haviam feito antes, mesmo jornalistas que conhecem meu trabalho em profundidade.

— Que bom saber disso. Foi um desafio muito grande escrever sobre um autor que ainda não foi publicado no Brasil. E ficamos todos muito surpresos pelo número de cartas que nos mandaram. O senhor tem um grande número de admiradores também por aqui.

— Interessante.... mas agora chega de elogios recíprocos e vamos ao que interessa. Gostaria de marcar com você uma conversa para definirmos como vai ser a dinâmica do trabalho e também estabelecermos nossas regras. Eu gostaria de ir a São Paulo, mas ando um pouco cansado para viajar. Se puder vir a Montevidéu, só me avise a data e o Rodolfo se encarrega do resto. Acho que nessa primeira conversa dois ou três dias seriam suficientes.

—Perfeito. Vou ver com meu chefe quando fechamos

a próxima edição da revista e em seguida estou liberada. Muito obrigada, senhor Milies.

— Gostaria de definir uma regra básica desde o início. Por favor, não me chame de senhor Milies, faz com que eu me sinta um velho. Prefiro Sebastián, como os mais próximos me chamam.

Assim que desligaram, conectou-se com Ernesto. Sabia que seu amigo devia ter roído todas as unhas, mas decidiu fazer uma brincadeira com ele, contando as novidades aos poucos:

— Ernesto, você tem razão. Não faz sentido ficar esperando.

— Pois então liga. Não é pra mim que você deve dizer isso.

— Eu sei. E já liguei.

— Elvira, solta logo a história toda. Conheço várias particularidades tuas, mas ignorava esse teu lado sádico. É um ponto positivo, que até me excita, mas não para ser revelado neste momento. Fala logo.

— Liguei para a Lucía, disse que aceitaria, embora me sentisse insegura. E que aguardaria ela consultar o Milies para saber se ele concordava com meu nome. E aí veio a maior surpresa: foi o próprio Milies, que agora vou passar a chamar de Sebastián, quem sugeriu meu nome.

Ernesto ficou olhando fixo para a tela do computador como suplicando para que ela desse mais detalhes sobre a conversa. Elvira contou que logo depois de falar com Lucía o próprio Sebastián havia lhe telefonado para agradecer ter aceitado o convite e propor uma ida dela a Montevidéu para definirem os detalhes do trabalho.

— Me leva, imploro — disse Ernesto, desaparecendo por alguns instantes da tela. Aparentemente havia ajoelhado.

— Você vai ser fundamental para este trabalho e pode ter certeza de que não vou dar nem um passo sem trocar ideias com você. Mas uma das razões para terem pensado em mim foi justamente a minha isenção. Na realidade, meu desconhecimento em relação a Milies, quer dizer, Sebastián.

— Concordo. Mas não me esquece — conformou-se o amigo argentino.

— Nunca. E você pode ter certeza de que terá todos os créditos pelo teu papel neste projeto. Sem você, não teria nem topado fazer a matéria com ele.

— 'Te quiero', Vira — despediu-se Ernesto.

— 'Yo también'.

Elvira desembarcou em Carrasco numa tarde fria de julho. O inverno de 2013 estava sendo especialmente rigoroso para os uruguaios e no caminho até o hotel que Rodolfo havia reservado em Pocitos, ela logo notou que Montevidéu era outra cidade naquela época do ano. As copas das árvores – plátanos, em sua maioria – estavam nuas, as pessoas que se aventuravam pelas ruas andavam apressadas e envoltas em pesados casacos, muitas carregavam garrafas térmicas e chimarrões para sorver o mate e aproveitar para esquentar as mãos.

Depois de desfazer as malas resolveu caminhar pela 'rambla' próxima ao hotel. Ainda tinha duas horas antes do jantar marcado na casa de Milies, quando começariam a conversar sobre temas práticos relacionados ao trabalho. Nessa caminhada ela aproveitaria para organizar suas ideias e sentir a cidade nesse clima que lhe era novo. Numa das esquinas ainda perto do hotel percebeu que o cheiro de jasmim, tão comum no verão, havia cedido lugar para o de amendoim torrado em tachos de carvão. Fechou os olhos e aspirou profundamente, lembrando do que lera num dos livros de Milies, em que ele descrevia o "selvagem cheiro do ar frio que

Montevidéu tem no inverno". Sua sensibilidade olfativa não era suficiente para perceber essa característica selvagem, mas pela primeira vez observou que a mistura do cheiro de amendoim torrado com o ar frio formava uma combinação que, ao se familiarizar com a cidade, associaria ao inverno montevideano.

Se no verão caminhar pela 'rambla' era uma experiência agradável, no inverno aproximava-se de uma tortura. O vento, refrescante no calor, naquela temperatura de poucos graus tornava-se cortante. Invadia as frestas do casaco e penetrava nos ouvidos que Elvira, displicentemente, deixara descobertos. Levantou a gola e voltou apressadamente para o hotel decidida a não se afastar mais de locais fechados e a reforçar seus agasalhos antes de sair. "Esta cidade é bipolar", pensou.

No hotel recebeu o recado de Rodolfo informando que iria buscá-la às 19 horas. Assim teriam tempo de conversar antes do jantar. Decidiu tomar um banho quente para tentar recuperar o domínio de seu corpo, que tremia descontrolado.

Lucía abriu a porta e lhe deu um abraço afetuoso, como se fossem velhas amigas. Elvira também estava alegre por revê-la. Admirava principalmente seu jeito seguro, afirmativo. Parecia não se importar nem um pouco com o que as pessoas pensavam sobre ela e estava sempre no controle da situação. Não era arrogante e sim autêntica.

Lucía apontou o caminho até a sala onde Milies a esperava sentado numa poltrona e envolto numa manta. Vestia uma boina típica do país e aquecia as mãos numa cuia de mate. "O frio o deixa mais próximo da idade que de fato tem", pensou.

— 'Hola, niña'. Que prazer te ver.
— Igualmente Sebastián, respondeu, esforçando-se para tratá-lo pelo primeiro nome. Entregou a garrafa de cachaça mineira que havia trazido e alegrou-se por ter acertado duplamente. Era uma lembrança tipicamente brasileira e uma bebida que ajudaria a enfrentar o frio.
— Vamos abrir já — disse ele. — Vou dar só um gole para festejar a chegada da nossa querida jornalista brasileira e vocês bebem à vontade. Sabe, Elvira, estou tomando uns remédios que não combinam com álcool. Na realidade acho que é algum placebo que meu médico me receita para me afastar da bebida. Minha tirânica sobrinha o convenceu de que sou um alcoólatra.

Fizeram um brinde e Lucía se encarregou de introduzir a conversa.

— Elvira, nossa ideia, se você concordar, é começar a conversa pelas questões formais. Pensamos em Rodolfo e eu participarmos somente do início, porque Sebastián tem uma grande facilidade para divagar em seus pensamentos e costuma levar junto os incautos. Depois que definirmos essas formalidades, será só entre vocês dois. O que acha?

— Perfeito — concordou Elvira. Também ela se sentia mais segura com a participação de Lucía e Rodolfo nesse início de conversa.

Propuseram que Elvira receberia um valor mensal durante dois anos e teria todas as despesas de viagem pagas. Também receberia um percentual de 10% sobre a venda do livro, incluindo reedições e publicação em outras línguas. As questões financeiras seriam tratadas entre ela, o casal e o editor, que assumiria os custos. Elvira concordou com todos esses pontos. O valor que receberia mensalmente era quase o dobro de seu salário na revista. E o prazo de dois anos para entregar o texto lhe pareceu bem razoável. Poderia se dedicar integralmente ao livro nos primeiros seis meses, para fazer as entrevistas e coletar material, como havia acertado com Cláudio, e teria um ano e meio para escrever a biografia.

— Lucía, quando for minha vez de falar por favor me avisa — interrompeu Milies, claramente impaciente.

— Calma, Sebastián. Prometo que termino logo e aí você vai falar até cansar de se ouvir — respondeu Lucía, com a autoridade com que costumava enquadrar seu tio.

Elvira não conseguiu conter o riso. Achava muito divertida a forma como os dois se tratavam.

— Já que tem gente que começa a se irritar, vamos finalizar esta parte chata, mas necessária. O Rodolfo, que como você sabe é advogado, escreveu um contrato que já foi assinado pelo editor de Sebastián. Ele formaliza tudo o que falamos e trata de outras questões próprias do mundo editorial. Não precisa nos devolver agora. Você pode levar o documento para o Brasil, ler com muita calma, consultar algum advogado de tua confiança e propor o que quiser. Com certeza não vai ser um pedaço de papel cheio de letras que vai impedir de levarmos adiante este lindo projeto. Pronto, Sebastián, agora prometo me calar para sempre — encerrou.

Lucía segurou o braço do marido e os dois saíram da sala, fechando a porta. Milies e Elvira ficaram em silêncio acompanhando com o olhar a saída do casal. Parecia que os dois estavam sem ideia de como começar a conversa. Coube a Milies interromper esse incômodo com uma frase humorada:

— São meus pais — disse, jocoso, apontando para o casal.

Elvira riu suspeitando que, de certa forma, Lucía e Rodolfo exercem de fato esse papel.

— Elvira, até entendo que todas essas formalidades

tratadas por Lucía sejam necessárias, mas não passam de acordos para resolver eventuais conflitos que certamente nunca teremos. O principal trato vamos firmar entre nós dois, mas com base na confiança, olho no olho. Esse é o único tratado que tem valor. De minha parte, há apenas três pontos que gostaria de colocar: primeiro, prometo que te contarei toda a verdade sobre qualquer tema que você queira saber a respeito da minha vida e mesmo os que você ainda nem sabe que quer saber; segundo, me reservarei apenas o direito de não falar sobre temas que eventualmente possam prejudicar outras pessoas e, por último, peço que você não publique nada e nem faça qualquer comentário sobre o conteúdo de nossas conversas enquanto eu estiver vivo. Confio totalmente em teu caráter e em teu profissionalismo, portanto não quero ler nada do que você escrever. Ninguém vai ter o direito de ler os originais antes da publicação e esse foi o único ponto que fiz questão de incluir no contrato redigido por Rodolfo.

Olhou fixamente nos olhos de Elvira aguardando sua resposta. Ela concordara com tudo, mas, envolta naquele olhar sereno e profundo, demorou alguns segundos a responder. Milies interpretou aquela demora como sendo sinal de dúvida e acrescentou: — Aceito contrapropostas ou, se quiser, pode me responder mais tarde.

— Não, concordo totalmente. De minha parte, tenho apenas um pedido, que na realidade é do meu chefe na revista. Ele gostaria de publicar uma resenha da biografia em primeira mão, quando o livro for lançado.

— Acho ótimo. Vou conversar com meu editor, mas tenho a impressão de que isso poderá motivá-lo a publicar a biografia também em português.

Os dois trataram também sobre como seria a dinâmica do trabalho. Elvira viajaria a Montevidéu duas vezes por mês e ficaria por uma semana em cada visita, até ter recolhido todas as informações e os depoimentos que considerasse necessários para compor a história. Milies comentou que sua sobrinha, sempre muito prática e organizada, havia arquivado um grande número de reportagens e críticas sobre sua vida e sua obra. Tudo o que podia conseguir ela havia guardado, catalogado e estava à sua disposição.

— Pensei em te entregar esse material, em partes, mas são muitas pastas. Combinei com Lucía que você pode utilizar a sala onde está esse arquivo como teu escritório aqui em casa. Assim você consulta quando e como quiser. Quase todas as verdades e inverdades ditas a meu respeito estão ali registradas, à tua disposição — ofereceu Milies.

Elvira havia pensado em começar seu trabalho pesquisando sobre o escritor nos jornais do Uruguai, até mesmo para se familiarizar com as histórias e lendas a respeito de seu biografado. A existência desse arquivo mudou seus planos iniciais. Faria a pesquisa nessa fonte, mas iria também aos jornais, para garantir que nenhum episódio importante fosse esquecido.

— Sebastián, esse arquivo vai ser muito útil. Gostaria de começar meu trabalho fazendo uma pesquisa nesse material em minha primeira visita.

— Perfeito, me parece o mais certo — concordou Milies — agora que já tratamos de todos os preâmbulos, vamos nos preparar para o jantar. Imagino que esteja com fome. Antes disso, proponho fazer um brinde nós dois. Como te disse, Lucía não me deixa beber, mas eu guardo uma garrafa de vinho do Porto escondida, para ocasiões especiais. Uma pequena taça só pode fazer bem à saúde.

Serviu dois cálices e cada um fez seu brinde:

— A que você não se entedie com a minha história — disse Milies.

— A que eu seja capaz de contar a sua história como merece ser contada — brindou Elvira.

Bateram os cálices, beberam o vinho do Porto e, num gesto inesperado, Milies a beijou na testa.

— Boa sorte, 'niña' — sussurrou.

O jantar reunindo os quatro foi descontraído e muito animado. A relação de Milies com sua sobrinha e com Rodolfo era temperada por uma grande intimidade, que permitia tiradas de um humor sagaz entre eles. A ironia e o afeto eram quase palpáveis. Elvira sentiu-se muito bem naquele ambiente. Ria das provocações mútuas, respondia às perguntas que lhe faziam sobre o Brasil – certamente para que não se sentisse excluída da conversa – e prestava muita atenção principalmente quando citavam, mesmo que casualmente, alguma passagem que poderia servir para conhecer melhor seu biografado. Apesar de procurar se concentrar nessa conversa saborosa, seu pensamento muitas vezes se desviava e voltava-se involuntariamente para o beijo que havia recebido na testa. O beijo de um ancião, carinhoso como o que um avô poderia dar a uma neta, mas que, por alguma razão, havia mexido com ela. "Foi um respeitoso beijo na testa. Nada mais", disse a si mesma, tentando encerrar o assunto. Mas sem perceber e sem querer, seu pensamento insistia em retornar àquele gesto inesperado.

Quando chegou ao hotel, voltou a refletir, agora deliberadamente, sobre o tal beijo na testa. Colocando novamente a razão no comando, como sempre preferia fazer, concluiu que havia sido uma demonstração de afeto e de respeito. "Basta, Elvira, para de ser encucada", decretou-se. Instantes depois, seu devaneio trouxe de volta a forma carinhosa como a chamara de 'niña', ou menina. Achou uma palavra doce e convenceu-se de que ao tratá-la assim, deixara claro que era um beijo afetivo de uma pessoa que tinha consciência da distância entre as suas gerações.

Enquanto se esforçava para remover esses rebeldes pensamentos da cabeça, o Skype tocou. A imagem que apareceu de Ernesto na tela era a expressão acabada da ansiedade.

— *Por Dios,* Vira, quanto tempo ia ter que esperar para que você me contasse tudo sobre o jantar? — cobrou seu amigo, em tom de súplica.

— Desculpa, querido, cheguei há pouco e ainda estava tentando colocar meus pensamentos em ordem. O jantar foi ótimo e conviver com os três, na intimidade, é um privilégio. Eles se tratam todo o tempo com muito sarcasmo e enorme carinho.

— E você conseguiu conversar a sós com ele? Definiram as regras do jogo?

— Sim. Antes do jantar conversamos a sós e definimos tudo. Ele realmente é um 'gentleman'. Não quer ler os originais. Só fez uma exigência: que o livro não seja publicado enquanto estiver vivo. Achei muito justo. Meu único receio é que essa proximidade com ele, sem dúvida uma pessoa sedutora — do ponto de vista intelectual — diminua de alguma forma meu senso crítico. Acho que o maior desafio vai ser estabelecer o limite entre a intimidade que provavelmente vamos criar e a preservação da minha isenção. Isso vai ser fundamental para que o livro tenha valor, explicou, refletindo ao mesmo tempo em que falava.

— Elvira, talvez eu não seja a pessoa mais indicada

para servir de crítico, porque se eu tivesse essa missão escreveria um livro totalmente parcial. Mas como leitor e revisor de textos, acho que posso te ajudar a não sair do eixo. Além do mais, conheço muito bem a vida do Milies para te alertar se tiver alguma inconsistência histórica. O que acha? — propôs Ernesto.

— Seria ótimo, desde que você não queira interferir no conteúdo. Sou muito insegura e perfeccionista. Se você começar a fazer críticas enquanto escrever, vou travar — respondeu Elvira.

— Combinado, querida. Minha primeira correção. Ele não é sedutor apenas intelectualmente. Apesar da idade, é puro charme. Você não acha?

— Concordo que ainda seja charmoso — disse Elvira — mas como o conheci já sendo um velho, não consigo ver nele o homem que arrebatou corações de todas as idades e gêneros, como você diz.

— Quem sabe você ainda consiga enxergar esse lado. Então estamos combinados. Você me aciona quando precisar. Quero muito participar dessa obra. Um beijo — despediu-se Ernesto.

— Um beijo, querido...

Elvira ia se despedindo quando resolveu dividir com seu amigo a interpretação daquele beijo na testa.

— Ernesto, depois que acertamos os detalhes sobre o trabalho, Sebastián e eu fizemos um brinde e ele me deu um beijo na testa. Nada além do que um beijo na testa, mas inesperado. Você acha que foi alguma insinuação?

— Vira, pelas descrições das conquistas que ele faz em seus livros, esse beijo na testa significa que ele imagina estar entregando sua biografia a uma freira com idade para ser sua neta. Nada mais — zombou Ernesto.

Elvira riu e se despediu, aliviada com a resposta do amigo e convencida de que Ernesto conhecia muito melhor do que ela os códigos das conquistas, principalmente nessa região do Plata.

Logo pela manhã foi até *El País*, um dos mais importantes jornais da cidade. Como não queria despertar curiosidade e muito menos ciumeira entre os jornalistas uruguaios por ter sido escolhida para esse trabalho, decidiu que, se lhe perguntassem, explicaria estar aproveitando sua visita ao Uruguai para preparar uma reportagem sobre Milies para a revista em que trabalhava. Não foi necessário. No arquivo simplesmente se apresentou como jornalista brasileira e disse que gostaria de fazer uma pesquisa sobre o escritor. Uma atendente, entre solícita e um tanto fria, logo lhe indicou um computador onde poderia fazer o trabalho. Se precisasse imprimir alguma página, seria cobrado. A funcionária também informou que boa parte do acervo do jornal estava digitalizada e que poderia ser acessado pelo site, desde que ela fosse assinante. Embora Elvira não tivesse a intenção de se tornar leitora do jornal, achou que seria uma ótima opção para realizar suas pesquisas remotamente, sem pressa e sem se expor. Fez ali mesmo a assinatura e colocou o endereço do hotel. Combinou na recepção do hotel que, como iria quinzenalmente a Montevidéu, eles guardariam os exemplares.

O frio e a ansiedade para entrar no site do jornal a fizeram voltar rapidamente para o hotel. Retornaria a São Paulo no final da tarde. Antes disso passaria para se despedir de Milies. Tinha algumas horas para navegar pelos arquivos digitalizados. Escreveu na busca o nome Sebastián F. Milies e apareceram centenas de links. Acrescentou "literatura" e igualmente a lista era enorme. Por curiosidade, digitou a palavra "escândalo" e o número de reportagens diminuiu, mas ainda assim era alto.

Entendeu que precisaria criar uma metodologia para não se perder nesse mar de informações. E teria que fazer um roteiro de temas antes de sua próxima visita a Montevidéu. Nesse primeiro momento, porém, decidiu vagar livremente pelo material, atraída apenas pelos títulos.

"Sebastián F. Milies deixa o Uruguai". O texto era da época em que os militares governavam o país. Especulava-se que ele estava sendo expulso do Uruguai sob alegação de que seus livros atentavam contra os bons costumes e poderiam produzir influências negativas sobre os jovens. Elvira ampliou a foto para observar um pouco melhor a figura daquele homem cercado de policiais. Como a reportagem era de 1975, calculou que à época ele teria 47 ou 48 anos. Na foto parecia um tanto abatido, mas com uma postura altiva, quase desafiadora. Queria ler com atenção a reportagem, mas seu olhar desviava sempre para a foto. Cabelos fartos, rebeldes, um olhar apreensivo, mas que não deixava transparecer medo.

"Era um homem charmoso", concluiu Elvira, incomodada por se atentar para um detalhe tão superficial. Gostaria de pensar no que se passava pela cabeça dele naquele momento de tensão e incerteza, sentimentos que, imaginava, acometiam alguém que estava sendo obrigado a deixar seu país. Sua atenção não conseguia se afastar da foto. "Charmoso, mesmo passando por esse sufoco", pensou.

Vagando pelos títulos, um artigo chamou sua atenção: "Caso com mulher de militar de alta patente pode ter determinado a expulsão de Milies". O texto não citava fontes, mas mencionava comentários de que a verdadeira razão do exílio seria um suposto romance do escritor com a esposa de um militar. A pedido dela a vida de Milies teria sido poupada, mas o exílio teria sido a moeda de troca. Elvira encontrou outras referências a essa suspeita, inclusive em reportagens feitas quando voltou do exílio em Madri e foi perguntado a respeito. Em quase todas Milies negou-se a fazer qualquer comentário. Elvira notou que essa era a postura do escritor diante de qualquer tentativa de invasão de sua privacidade. Ele sempre se esquivava, alegando que preferia falar apenas sobre sua obra, como havia ocorrido em sua entrevista para a Escrita. Como também observou nas centenas de textos que leria a partir desse dia, Milies jamais confirmava ou desmentia qualquer comentário, mesmo que lhe gerasse incômodo ou o colocasse em situações comprometedoras. Seria estratégia de marketing ou evidência de que não ligava a mínima para o que pensavam sobre a sua vida?

Embora estivesse interessada em levantar informações sobre seu personagem para ajudá-la a fazer o roteiro das futuras conversas, resolveu procurar outras fotos no Google. Em poucos segundos centenas de imagens apareceram, a maior parte recentes. Mas também encontrou fotos mais antigas. Aparentemente os jornais e as revistas gostavam de fazer retrospectivas sobre a vida de Milies e buscavam em seus arquivos imagens do passado. Elvira notou nesses retratos uma característica que se repetia com frequência. Ele dificilmente aparecia sorrindo. Sua seriedade, porém, não denotava tristeza, hostilidade ou preocupação. Era uma seriedade tranquila, profunda. O jeito de se vestir também lhe chamou a atenção, por não ser muito diferente do atual. Roupas sóbrias e elegantes. Apesar de ser um homem que, pelo pouco que já sabia dele, comportava-se à frente de seu tempo, vestia-se de maneira clássica. "Deve ser uma característica dos uruguaios", pensou.

Elvira não sentiu o tempo passar vendo aquelas fotos. Várias vezes ampliou as imagens para observar detalhes.

O olhar sereno, a boca insinuante, um lenço colocado no pescoço, o chimarrão entre as mãos. No início, se autodesculpou imaginando que demorar nas imagens seria uma forma de se familiarizar com o escritor. Aos poucos, reconheceu que lhe era muito agradável se perder naquele mundo visual. "Fina estampa, 'caballero'", pensava Elvira, quando o telefone tocou. Da recepção lhe avisaram que Rodolfo a aguardava na entrada do hotel.

Chegando à sua casa, em São Paulo, quando a excitação da viagem havia baixado, sentiu-se mais perdida do que antes da ida a Montevidéu. Eram tantas informações, tantas perguntas que vagueavam por sua cabeça, tantas imagens, que não sabia por onde começar. E voltou a duvidar se seria a pessoa mais indicada para essa missão. Estava acostumada a escrever reportagens, algumas até longas. Mas em todas conseguia pensar na estrutura do texto. Por onde começar, quais os pontos mais interessantes para o leitor, as informações que não poderiam faltar e como finalizar. Nesse caso, sentiu que mergulharia num abismo e não tinha certeza se estava preparada para dar uma direção a essa queda.

Desesperada e flertando com a tentação de desistir, resolveu dividir com Ernesto seus medos.

— 'Hola' Vira, quem morreu? — perguntou seu amigo argentino tão logo apareceu na tela do computador.

— Como quem morreu?

— Com essa tua cara, achei que fosse me dar alguma notícia trágica. O que acontece nessa cabecinha linda e confusa?

— Ernesto, acho que vou desistir de escrever a biografia do Sebastián. Sinceramente, me sinto uma imbecil por aceitar um desafio que está a quilômetros de distância da minha capacidade. Fui burra em concordar e quanto mais cedo desistir vai ser melhor para todos. Assim eles podem encontrar alguém mais preparado.

Depois do desabafo, Elvira caiu num choro compulsivo. Suas lágrimas não permitiram que ela visse a reação de Ernesto. Sua expressão revelava certa impaciência e total desaprovação.

— Vira, querida, se quiser conversar me avisa. Estou por aqui. Mas se for me deixar pendurado a mais de 2.200 quilômetros vendo você chorar, me liga mais tarde. Quando estiver recomposta desse papel ridículo.

— Você é muito insensível, Ernesto. Abri meu coração com você, e sabe o quanto isso é difícil pra mim. Você não leva a sério minha preocupação, meus medos? Pensei que fosse meu amigo.

— Ok, entendi. Não chora, amiga, liga pra Lucía, explica que você é covarde, insegura e que vai abandonar o barco. Depois toma umas caipirinhas com o Rafa e a vida segue. É assim que amigo fala?

Elvira ficou sem responder. Seu olhar se perdia na tela. Ernesto notou o quanto sua amiga estava insegura, atemorizada, e decidiu retomar a conversa em outro tom.

— Eu te conheço muito bem e também conheço a história do Sebastián. Não imagino outra pessoa mais preparada para fazer esse trabalho. Se acha que deveria apoiar a tua decisão covarde de desistir, concordo que não sou esse tipo de amigo. Mas se quiser uma ajuda para organizar as ideias, definir os próximos passos, em dois dias entrego um trabalho que estou fazendo e em três estarei aí. Que tal?

O olhar de Elvira voltou a ficar sério, mostrando que retomava a razão. Enxugou as lágrimas, assoou o nariz com um lenço de papel, mas seu ânimo ainda não era suficiente para fazer qualquer comentário. Novamente o amigo argentino tomou as rédeas da conversa.

— Vamos combinar o seguinte. Em três dias eu chego e até lá você não vai tomar nenhuma decisão. Pessoalmente você me conta como foram as conversas em Montevidéu e eu te ajudo a estruturar um plano de trabalho. Perdi a conta de quantas biografias eu revisei. Alguma coisa devo ter aprendido... Se você se sentir segura e resolver prosseguir, esta conversa de desistir morre aqui. Se não, você liga para a Lucía e informa que desistiu. Também vou te apoiar. Que tal?
— Obrigada, querido. Te espero aqui.

— Lucía, tudo bem? Aqui é o Ernesto.
— Bom dia, querido. Como você está?
— Eu, ótimo. Como sempre. Quem não está nada bem é a nossa menina. Teve uma crise de insegurança e chegou a pensar em desistir. Ela se sente perdida e despreparada para escrever uma biografia à altura da vida do Sebastián.
— Eu imaginei que sentiria isso quando começasse a conversar com ele. E o que você sugeriu?
— Fiquei de ir a São Paulo para conversarmos e me comprometi a ajudá-la a organizar o trabalho. Pensei em fazer uma lista com todas as pessoas que ela precisa entrevistar, com um breve comentário sobre cada uma e sua relação com o Sebastián. O que você acha?
— Ótima ideia. Quando você vai pra lá?
— Daqui a três dias.
— Vou te ajudar com essa lista e te passo minhas sugestões até amanhã — prometeu Lucía.
— Ótimo. Não podemos deixar a Elvira insegura. Ela tem muita autocrítica e jamais aceitaria passar vergonha escrevendo uma biografia superficial.
— Concordo. E você sabe como o Sebastián insiste

para que seja ela. Tem certeza de que é a pessoa certa para o trabalho. Eu já tentei convencê-lo a pensar em outras opções caso ela desistisse, mas não quer nem falar a respeito.

— Vamos confiar no 'feeling' dele.

Despediram-se carinhosamente e Lucía sugeriu que na volta de São Paulo fizesse uma escala em Montevidéu, para lhe contar pessoalmente sobre a conversa. Combinaram de se encontrar no aeroporto e ela o levaria a almoçar numa churrascaria de Carrasco onde se come a melhor carne do mundo.

— Vamos só os dois, Ernesto. Não quero que Sebastián e nem Rodolfo saibam dessa hesitação da Elvira.

A chegada de Ernesto a São Paulo reacendeu o ânimo de Elvira. Ele propôs ser uma espécie de curador do trabalho. Apesar de sua admiração por Sebastián, procuraria ser o mais isento possível. Ajudaria Elvira a abordar as passagens da vida que de fato interessavam, separar o joio do trigo e manter uma posição crítica.

— Querida, como você bem sabe, o único cuidado que você deve ter é não se deixar envolver pelo seu charme. Ele é sedutor por natureza. Mesmo quando não quer seduzir, seduz. Esse é o maior risco para manter a neutralidade essencial que o autor de uma biografia deve ter. Se você passar a idolatrar o biografado, está frita — aconselhou Ernesto.

Elvira sorriu e retrucou que se achava preparada para não cair nos encantos de Sebastián, até em razão da diferença de idade entre eles. — Talvez possa nutrir uma admiração intelectual, mas isso eu resolvo com profissionalismo. Sou bem racional no trabalho — respondeu.

— 'Bueno, mi niña', essa era minha principal

recomendação como teu curador e consultor pessoal.
Agora as boas notícias. Preparei uma lista de pessoas com as quais você não pode deixar de conversar. Umas acham Sebastián um gênio e outras, uma farsa, um libertino. Conversar com essa gente vai te ajudar a construir a história com equilíbrio e conhecer melhor teu personagem.

Elvira olhou a lista e reconheceu um ou outro nome. Ficou admirada com o trabalho do amigo. Ao lado dos nomes, ele havia feito uma descrição de quem eram, qual a relação com Sebastián e, alguns, até com telefone de contato.

— Ernesto, você deveria ser o autor da biografia — comentou Elvira, com sinceridade.

— Você está louca? Eu cairia nos braços dele assim que abrisse a porta para me receber. Sou a pessoa mais parcial e suspeita que existe para esse trabalho.

Ela sorriu, num misto de agradecimento e de carinho.

Ernesto não tinha muito tempo para ficar em São Paulo, por isso aproveitaram intensamente o dia e meio que ele dispunha. De dia trocaram ideias sobre o rumo das entrevistas que Elvira faria com Sebastián e as passagens da vida do uruguaio que não poderiam ser deixadas de fora. Elvira, atenta como uma aluna aplicada, anotava cada sugestão em seu bloco e algumas ela destacava com um círculo. À noite, Rafa se juntou à dupla e fizeram o que mais apreciavam quando estavam reunidos: beberam, ouviram música, fumaram e riram por horas.

Na manhã seguinte, retomaram as conversas sobre o livro. Elvira lembrou-se da carta que a misteriosa leitora "K" havia enviado à revista quando saiu a reportagem sobre Sebastián.

— Ernesto, você faz alguma ideia de quem se trata? Lembra de alguma mulher na vida dele com a inicial K?

— Interessante — limitou-se a responder Ernesto.

E silenciou, pensativo. Repassou mentalmente a lista das mulheres que haviam tido os casos mais ruidosos, mas não lembrou de nenhuma cujo nome começasse com essa letra.

Elvira lembrou-se do *pen drive* com o material que Lucía havia lhe entregue. Foram entusiasmados para o computador, procuraram a partir de diversas palavras-chaves, mas não localizaram nada.

— Estranho. Se foi um caso tão traumático para a mulher, deveria ter no mínimo alguma referência — observou Elvira, — quando tiver oportunidade, vou tocar no assunto com ele.

— Elvira, isso quer dizer que você continua na biografia? — disse Ernesto.

— Sim, querido. Se você não me abandonar, vou continuar.

Antes de voltar a Buenos Aires, Ernesto fez uma escala em Montevidéu. Foi almoçar com Lucía numa churrascaria em Carrasco, não muito distante do aeroporto. Contou como havia sido a conversa e que Elvira havia desistido de desistir. Continuaria no projeto, ele se manteria próximo para ajudá-la sempre que precisasse e, principalmente, para acompanhar as oscilações de humor e as incertezas que ela poderia ter.

— Isso é ótimo, Ernesto. Teu papel vai ser tão importante que conversei com o editor para também te oferecer um pagamento mensal, além dos custos de teus deslocamentos, claro — disse Lucía.

— Meu amor, estou sendo mais do que recompensado. Tenho um carinho enorme pela Elvira e sei que ela é a pessoa certa para este trabalho. Adoro o Uruguai e o Brasil e, você sabe, sou apaixonado pelo Sebastián desde que li seu primeiro livro. Você acha que algum valor monetário vai superar esses ganhos?

Comeram um 'asado' delicioso e tomaram uma garrafa de tannat. A química entre os dois combinou desde o momento que se conheceram. O humor inteligente, a sinceridade e o sarcasmo eram os principais pontos comuns. E mesmo as diferenças entre eles no fundo eram complementares. Ela era introspectiva, mais de ouvir do que de falar. Não desperdiçava gestos e nem palavras. Ele era teatral, dramático. Falava alto e muito. Por isso, em pouco tempo se sentiam amigos desde sempre, o que lhes permitia serem ainda mais francos um com o outro.

— Vou te confidenciar uma coisa. Não sei por que ele insiste tanto em que seja a Elvira. No fundo, tenho minhas dúvidas se é a pessoa mais indicada. Por favor, nunca comente isso com ninguém. Nunca! Não abri nem para o Rodolfo — falou Lucía, quase sussurrando, com a sinceridade franqueada pelo vinho.

— Eu tenho uma teoria pouco nobre e nada literária. Ele só quer conquistá-la. É mais uma de suas armadilhas. Seria a glória encerrar sua longa trajetória de Don Juan deixando uma jovem e bela brasileira apaixonada por ele, disposta a se entregar sem limites ao seu amor — respondeu Ernesto em tom debochado. — Ele sempre apreciou carne fresca.

— Depravado — retrucou Lucía rindo. — Sebastián pode ter muitos defeitos e um impulso incontrolável para conquistas, mas tem plena consciência de seus limites. Tenho certeza de que viu nela qualidades profissionais que nem você e eu conseguimos enxergar. Contou que quando Sebastián recebeu o exemplar da revista com a reportagem escrita por Elvira, pediu que lhe comprasse um dicionário português-espanhol, porque queria ler o texto original e sem a ajuda de ninguém. Quando terminou de ler, abaixou a revista no colo e fixou o olhar na direção da janela. Lucía o observava de relance, para que ele não se sentisse invadido. Depois de alguns minutos, ele comentou: "Essa menina escreveu o melhor texto a meu respeito, mesmo me conhecendo tão pouco e sendo uma recém-chegada às minhas obras. Sem me bajular e nem me condenar. Com esse jeito tímido e aparentemente inseguro, me enganou. Tem uma sensibilidade que nunca havia visto num jornalista".

Depois desse dia, Sebastián retomou com o editor o projeto de ter uma biografia. Para ele, o trabalho só faria sentido se fosse ela a autora. E mesmo sabendo das limitações de Elvira, que jamais havia escrito um livro, tinha certeza de que, se aceitasse o desafio, seria insuperável em seu trabalho. Lucía contou também que chegou a questionar o tio: — E se ela não concordar?

Sebastián foi taxativo: — Paciência, se não concordar, vou morrer sem que minha história seja contada.

— O restante do enredo você conhece — disse Lucía.

— Bom, querida, nós dois estamos fazendo a nossa parte. E no que depender de mim, essa menina medrosa vai continuar conosco até o fim — respondeu Ernesto, em tom determinado. — Vamos brindar à nossa cumplicidade — propôs.

Quase duas semanas depois, quando Elvira chegou ao aeroporto de Carrasco, Lucía e Rodolfo esperavam por ela no *hall* de desembarque. Rodolfo, como sempre, muito gentil, mas Lucía lhe pareceu um pouco ausente.

— Elvira — disse ela assim que entraram no carro — vamos te deixar no hotel e depois passamos a te buscar logo. Queremos te levar para almoçar num restaurante novo, perto do Shopping Punta Carretas.

— Claro. Sebastián também vai? — quis saber Elvira.

— Infelizmente não. Ele está internado para fazer alguns exames de rotina. Deve sair amanhã pela manhã — limitou-se a explicar.

— Espero que esteja tudo bem com ele. Vou aproveitar a tarde, depois do almoço, para começar a ler o material do teu arquivo.

Durante o almoço Lucía e Rodolfo detalharam melhor do que se tratava e Elvira entendeu o porquê daquele comportamento calado de Lucía. Explicaram que alguns anos antes Sebastián teve o diagnóstico de um câncer. Era um tumor ainda incipiente e o médico aconselhou que apenas fosse acompanhada a evolução. Alguns meses antes, ao fazer exames de rotina, descobriram que o câncer havia evoluído de forma mais agressiva. Os exames que Sebastián estava fazendo serviriam para identificar o estágio do tumor e, a partir dos resultados, definir a linha de tratamento.

— Sebastián já nos avisou e deixou claro também ao médico que se não for para ter uma vida com dignidade, não quer tratamentos que procurem apenas mantê-lo vivo — acrescentou Rodolfo, que até então se mantivera calado, olhando fixamente para o palito de dente que segurava entre os dedos.

— Que triste! — exclamou Elvira, ainda confusa com o que havia ouvido. — E quanto tempo pode levar esse processo? — perguntou.

— O médico é um amigo meu de adolescência e temos conversado muito a respeito de Sebastián. Se o diagnóstico se confirmar, ele acredita que não tenha muito tempo de vida, mas prefere não fazer uma estimativa — acrescentou Rodolfo, abalado com suas próprias palavras.

A conversa foi seguida de minutos de silêncio, quebrado por Lucía, sempre objetiva.

— Elvira, diante do que te contamos, precisamos combinar algumas coisas. Em primeiro lugar, essa informação não pode sair daqui. Vamos te manter a par de tudo, embora Sebastián tenha pedido que não te contássemos nada. Ele detesta despertar sentimentos de compaixão. Por mais difícil que seja, você vai ter que conversar com ele como se nada soubesse. Em segundo lugar, precisamos acelerar as conversas entre vocês dois. Não sabemos até quando ele estará lúcido e terá forças para as entrevistas.

Elvira comentou que juntamente com Ernesto havia feito uma lista de pessoas que gostaria de entrevistar. Lucía e Rodolfo concordaram que esses depoimentos seriam importantes para dar consistência à biografia, mas acreditavam não haver tempo para essas conversas prévias.

— Que tal ouvir a história de Sebastián e depois confrontar ou enriquecer o que ele contou com outras fontes? — sugeriu Lucía.

— Entendo — limitou-se a dizer Elvira. Sua insegurança em mergulhar na vida de uma pessoa com uma história tão rica sem ter muitas informações a respeito dela provocou-lhe um ligeiro temor. Ao mesmo tempo, a urgência em dar início às entrevistas não lhe deixava alternativa e essa imposição lhe causou certo alívio. — Vamos começar logo, concordou Elvira.

À tarde, na sala que haviam lhe cedido como escritório improvisado, Elvira empilhou as pastas que Lucía lhe entregara e ficou impressionada com a organização. Estavam dispostas em ordem cronológica, cada pasta reunindo recortes de um determinado ano e dentro dela divisórias de papel-cartão separavam os temas. Em todas as pastas havia uma área onde estavam reunidos textos identificados como "Negativos" e, claro, foi essa parte que despertou de início o interesse de Elvira. Folheando aleatoriamente o material, notou que havia críticas ácidas aos livros, reportagens sobre supostos casos envolvendo Sebastián e textos que desqualificavam a obra do escritor, inclusive uma manchete em que a palavra "Impostor" estava grafada em letras enormes, ocupando todo o alto da página.

Elvira ficou animada ao ver que esse material lhe permitiria ter uma ideia equilibrada das reações que Sebastián despertava na imprensa, tanto por sua produção literária quanto pela vida pessoal. Se Lucía tivesse arquivado somente material favorável, teria que procurar em outras fontes os contrapontos. "Parece que

Lucía sempre se preparou para que a biografia de seu tio fosse escrita", refletiu.

Elvira ligou o gravador e falou: "7 de agosto de 2013, primeira conversa com Sebastián Milies". Em seguida escreveu a data na primeira página de seu bloco de notas.

— Vamos começar do início, Sebastián. Conte um pouco sobre sua cidade natal, sua infância, sua família.

Sebastián Milies fechou os olhos, como se procurasse localizar suas memórias mais remotas. Contou que nasceu em 1928 em Carmelo, uma cidade localizada na margem do rio Uruguai, a quase 500 quilômetros de Montevidéu. Seu pai tinha um comércio de roupas e a mãe era dona de casa, ocupação da maior parte das mulheres daquela época. Levavam uma vida sem luxos, mas também sem privações. O imóvel onde o pai mantinha a loja pertencia à família, o que o levou a se dedicar ao comércio. No fundo, preferiria ter sido engenheiro. Tinha familiaridade com números e gostava de criar engenhocas. Essa frustração fez com que insistisse com os quatro filhos para prosseguirem nos estudos até concluírem os cursos superiores. O irmão mais velho formou-se em Veterinária e levara uma vida muito confortável cuidando de criações de fazendas de gado da região. O segundo fez Medicina e manteve por décadas um consultório em Carmelo. Sua irmã, a mais nova dos quatro, cursou Pedagogia e chegou a ser diretora da principal escola pública da cidade. Ele, o terceiro da prole, por falta de uma vocação mais clara, decidiu estudar Direito. Não tinha qualquer interesse em trabalhar nessa área, mas também lhe faltava disposição para enfrentar o pai. Escolheu a profissão por achar que lhe daria uma visão mais ampla do mundo, algum conhecimento geral e, principalmente, poderia significar seu passe livre para permanecer em Montevidéu mesmo depois de formado. As possibilidades de encontrar trabalho como advogado eram mais fartas e variadas na capital.

Logo no início do curso percebeu que entre ele e o Direito não havia qualquer afinidade. Pouco lhe interessava o estudo das leis, não se via defendendo um cliente se não acreditasse sinceramente nele e, pior de tudo, enojava-se com o linguajar pedante, formal e pretensamente erudito com que o mundo jurídico se expressava.

— A aversão à fala e à escrita dos profissionais do Direito foi a principal — talvez a única — lembrança daqueles três anos de curso inconcluso — contou a Elvira.

E por interromper a faculdade antes do final, foi o único dos quatro irmãos sem um diploma universitário, o que produziu nele um incômodo sentimento de culpa em relação às expectativas do pai, que só conseguiu vencer quando recebeu o título de "Reconhecimento ao Ilustre Cidadão de Carmelo" outorgado pela municipalidade, numa cerimônia em que seus pais, já com idade avançada, estiveram presentes. Ele lembra do olhar emocionado do pai e do choro mal contido da mãe quando ele, ao discursar, desculpou-se publicamente por não ter realizado o desejo paterno de concluir uma faculdade.

Logo que chegou a Montevidéu conseguiu emprego no escritório de um advogado conhecido de seu pai. Como todo estudante em início de faculdade de Direito, sua relação com a profissão era exclusivamente física: carregava pastas para o tribunal, levava documentos aos cartórios e vez por outra dividia com o dono do escritório o peso de suas maletas.

— Até hoje não cheguei à conclusão se essa primeira experiência profissional, frequente no mundo do Direito, era uma forma de desestimular as pessoas a seguirem na profissão, para reduzir a concorrência, ou supunha-se que os temas do Direito se aprendem por osmose — comentou Sebastián ao lembrar daqueles primeiros tempos montevideanos.

Apesar da experiência banal que esse primeiro trabalho lhe proporcionou, também lhe trouxe dois benefícios inegáveis. Ao final de cada semana recebia algum dinheiro, suficiente para custear suas bebidas, e, mais importante, foi naquele escritório que conheceu Henrique Suárez, um advogado recém-formado, considerado um talento promissor pelos mais experientes e responsável por introduzir Sebastián no mundo da boemia.

— Ele ainda está vivo?

— Não. Já morreu — respondeu Sebastián, revelando pela primeira vez uma feição melancólica, diferente das expressões que Elvira conhecera até então.

Ao longo dos relatos futuros, Elvira soube que a relação dele com Henrique teve nessa aproximação com os boêmios de Montevidéu apenas seu lance inicial. Na realidade, Henrique Suárez foi uma das pessoas mais próximas do escritor e protagonizou alguns dos momentos mais marcantes da vida do seu biografado. Só quando os depoimentos estavam mais avançados, Elvira entendeu a repentina nostalgia que tomou conta de Sebastián ao se referir pela primeira vez a seu amigo.

Elvira anotou em seu bloco: Henrique Suárez, e sublinhou várias vezes o nome.

Naqueles primeiros tempos de Montevidéu, durante o dia, quando dividia seu tempo entre as aulas na faculdade e o trabalho no escritório, era um jovem visivelmente triste, insatisfeito. À noite, quando estava nos bares em companhia de seus novos amigos, parecia outra pessoa. Era falante, irreverente, com frequentes tiradas de humor. Ao contrário de seus pares de copo, desprezava termos complicados, mas revelava em cada frase sua perspicaz inteligência e seu gosto indisfarçado por expor opiniões polêmicas. Aos poucos, foi se tornando o centro das conversas, sempre animadas com a sua presença. Muitas vezes nem mesmo concordava com os pontos de vista que expunha, mas tinha um grande prazer em incendiar os debates. E as pessoas se divertiam com seus argumentos, mesmo quando discordavam.

Foi nessa época que Sebastián teve os primeiros sinais de uma qualidade até então desconhecida e que passaria a fazer parte inseparável de sua personalidade: a capacidade de conquistar as mulheres. Durante uma acalorada discussão sobre onde havia nascido Carlos Gardel, tema recorrente nas conversas montevideanas — Uruguai ou França —, apenas para provocar Sebastián afirmou não confiar na versão oriental de que Gardel nascera em Paysandú. Em tom jocoso argumentou que "somos muito pequenos para gerarmos um talento dessa magnitude. Com certeza ele nasceu na França". Seus amigos, por saberem que geralmente se posicionava contra a maioria apenas por diversão, não o levaram a sério. Mas assim mesmo ficaram enfurecidos. Quando saíam do bar, Laura, uma das poucas mulheres integrantes do grupo, sussurrou-lhe ao ouvido:

— Podemos continuar a discussão ouvindo Gardel em casa. Tenho todos os discos dele.

— Foi sua primeira conquista?

— Na realidade, tecnicamente não foi uma conquista, no sentido usual do termo, porque conquista pressupõe a intenção de alcançar algum objetivo. Não foi meu caso. Diria que foi uma conquista passiva. E, sim, foi a primeira pessoa com quem tive alguma coisa mais séria em Montevidéu. Antes dela, só paixões de adolescente, ainda quando cursava o ginásio em Carmelo.

— Ela está viva?

— Sim. Seu nome é Laura Lima e mora em Madri. Se quiser o contato, a Lucía tem seu número de telefone. É uma pessoa encantadora, com uma história de vida que também vale um livro. Somos amigos até hoje e ela vem ao Uruguai com certa frequência. Aliás, tenho predileção pela amizade com mulheres. Creio que me entendo melhor com elas. E sou muito amigo de todas as mulheres com quem tive algum relacionamento — comentou Sebastián. Em seguida fez uma pausa, como se tivesse sido alertado por alguma lembrança do passado, e corrigiu:

— com quase todas.

Elvira novamente pegou o bloco e escreveu o nome de Laura Lima — Madri, com a indicação de que deveria entrevistá-la. Também anotou o ponto da gravação em que ele havia dito "com quase todas". Lembrou-se da mensagem que recebeu na redação de alguma ex-admiradora irada e decidiu que oportunamente voltaria ao assunto.

Quando Elvira saiu do escritório de Sebastián encontrou-se com Lucía, que tomava mate na varanda da casa, iluminada pelo aconchegante sol de fim de tarde. Ela lhe ofereceu carona, mas Elvira decidiu que voltaria caminhando até o hotel. Não era muito distante e já começava a se familiarizar com as ruas de Montevidéu, as calçadas largas e arborizadas.

No caminho, seu pensamento ficou vagando solto e retrocedeu algumas décadas. Tentou imaginar como seria a cidade naqueles primeiros anos em que

Sebastián passou a morar ali. Pensou também em como seria o jovem Sebastián. Se até hoje tinha um grande magnetismo, com certeza naquela época seu charme devia encantar as mulheres. "Era um tempo em que a iniciativa da conquista cabia sempre ao homem. Para uma mulher ousar quebrar esse costume, ele devia ser irresistível", pensou. Sentou-se num banco da praça de Villa Biarritz, que ficava no caminho. Fechou os olhos e procurou imaginar o Sebastián com menos de 30 anos. Provocador, alegre, falante. Inspirou fundo e imaginou identificar no ar o cheiro de seu entrevistado. Manteve os olhos fechados, como se quisesse reter aquele momento na imaginação. Seu pensamento foi interrompido pela falação de uma família que parecia se congregar sentada na grama em torno da cuia de mate e de uma garrafa térmica. Notou que o hábito do chimarrão provavelmente era a mais forte conexão dos uruguaios com sua cultura e seu passado. Permaneceu ali observando aquela família por alguns minutos, disfarçadamente. E pensou que aquela cena provavelmente já teria sido vivida por muitas outras gerações daquela mesma família, dando à passagem do tempo uma harmoniosa sequência sempre em torno do mate e do gramado daquela praça.

No hotel, ligou o computador e chamou Ernesto pelo Skype. Do outro lado da tela ele surgiu ansioso como de costume.

— Como é ficar a sós e com carta branca para penetrar nas memórias dele?

— Meu lindo, confesso que é bem interessante. Hoje tive o primeiro contato com o Sebastián conquistador. Ele contou como foi seu primeiro caso em Montevidéu.

Como ele foi conquistado por uma tal de Laura. Você ouviu falar sobre ela?

Ernesto contou que Laura era uma mulher muito admirada por intelectuais e pela esquerda uruguaia. Era jornalista – como você, mas muito mais atrevida, cutucou Ernesto – e na época da ditadura criou um jornal de oposição, clandestino. Quando desconfiou que seria presa, conseguiu fugir do país e foi parar na Espanha, onde mora até hoje.

— Quando Sebastián se exilou na Espanha, a amizade entre os dois ficou ainda mais forte e permaneceram sempre próximos, apesar de terem o Atlântico entre eles.

— Obrigado, querido. Como te disse, você é quem deveria estar aqui fazendo este trabalho.

— Você está louca! Sou parte interessada. Muito interessada, aliás. Eu ficaria olhando para a boca dele, pensando como seria receber um beijo ardente daquele homem. Não conseguiria articular nem uma pergunta inteligente. Você é a pessoa mais certa. Imune a paixões, fria. Aposto que faz sexo de pijama.

— Tchau, Ernesto — despediu-se Elvira rindo.

Ao desconectar lembrou-se que durante a entrevista também se fixou por uma fração de segundo na boca de Sebastián. Seu interesse, imaginava, diferia do de Ernesto. Ela divagou brevemente sobre quantos lábios teria beijado ao longo de tantas décadas de conquistas. E agora, sozinha em seu quarto, permitiu-se pensar brevemente em outras regiões que aquela boca deveria ter percorrido com entusiasmo e destreza. "Quantos seios, coxas, nucas terá conhecido?", indagou-se, divertindo-se com seu atrevimento.

Ao se deitar, procurou no Spotify músicas de Carlos Gardel e escolheu *"Por una cabeza"*. Lembrou-se do filme *Perfume de Mulher*, em que Al Pacino, no papel de um cego, dança com a jovem Gabrielle Anwar. E pela primeira vez notou a intensa sensualidade do tango. Seu pensamento se transferiu para o apartamento de Laura naquela noite montevideana da década de 50 em que os dois, embalados pelos tangos de Gardel, provavelmente viveram momentos ardentes. Sem perceber, passou a acariciar levemente seu corpo, como não o fazia desde a adolescência. E permitiu-se esse prazer até pegar no sono.

— Sebastián, vamos falar sobre teu trabalho? — Elvira havia ficado muito interessada na vida amorosa de Sebastián, mas preferiu por ora mudar de assunto. Afinal, seu bibliografado era um escritor e não uma celebridade de televisão. Tinha pavor de imaginar que a biografia poderia se tornar um livro de futilidades.
— Claro — concordou Sebastián.
— Quando você descobriu sua inclinação para a literatura? — indagou Elvira.
— Minha imaginação sempre foi muito fértil. Às vezes eu via uma cena corriqueira, como um cobrador de ônibus cochilando em seu banco, e ficava divagando sobre como seria a vida dele: "passaria as noites jogando dominó e tomando grapa com amigos? Teria uma amante que disputaria com o sono as suas noites?". E pronto, a partir dessas suposições acabava construindo histórias em minha cabeça sobre esse cobrador que, possivelmente, apenas não resistia acordado à monotonia de seu trabalho e ao chacoalhar do ônibus em suas intermináveis viagens sem um objetivo maior a não ser ir até o ponto final e depois voltar.

Contou que sua primeira experiência com a escrita foi por acaso. Ainda em seus primeiros anos de Montevidéu ele andava pela 'rambla' de Pocitos quando viu uma mulher de uns 80 anos caminhando com a dignidade com que o tempo costuma presentear as velhas senhoras uruguaias. Ela cruzou com um homem mais ou menos de sua idade e pararam para uma rápida conversa. Sebastián não estava próximo o suficiente para ouvir o que falavam, mas notou que a mulher retribuiu com um sorriso envergonhado algum comentário dele. E desviou o olhar para o chão. O homem também sorriu, mas de forma mais aberta. Despediram-se com um balançar de cabeça e cada um seguiu seu rumo. Quando estavam a uns três ou quatro metros de distância, os dois se viraram como se obedecessem a algum sinal e, surpreendidos mutuamente pelo inesperado gesto, trocaram tímidos acenos. Sebastián, que observava a cena sentado numa mureta, imediatamente imaginou que os dois haviam vivido uma forte paixão que, por alguma razão, precisou ser interrompida. Ela acabou se casando com outro homem, provavelmente já falecido, e ele jamais foi capaz de manter uma relação estável com qualquer outra mulher. Durante vários dias Sebastián ficou com aquela história na cabeça. Voltou várias vezes à 'rambla' naquele mesmo horário para tentar reencontrá-los, mas não os viu mais. "Claro, a essa altura da vida eles não querem remexer num sentimento que devia ter lhes causado muito sofrimento", raciocinou Sebastián.

Um dia, conversando com sua amiga Laura, contou-lhe a cena e suas suposições, descritas com minuciosos detalhes gerados na usina de sua imaginação.

— Fico pensando como teriam sofrido os dois para reprimir aquela forte atração numa época em que a sociedade não distinguia uma paixão de um ato obsceno. Se até hoje somos vítimas de regras e convenções que subjugam nossos desejos, imagina na época em que eles eram jovens. Aqueles dois não saem da minha cabeça, desabafara Sebastián para a sua amiga.

Ao final da narrativa, Laura estava enternecida e igualmente curiosa.

— Sebastián, a melhor forma de tirar um pensamento da cabeça é transportá-lo para o papel. Por que você não escreve essa história, contando o que viu e o que você imagina? — aconselhou.

E assim, sem qualquer pretensão literária anterior, Sebastián experimentou, pela primeira vez, o prazer de fazer algo que realmente o satisfazia. Talvez por não ter referências literárias, sua escrita seguiu a mesma espontaneidade com que contava suas histórias na roda do bar. As palavras fluíam naturalmente. Laura, que foi a primeira a ler o conto, comentou que conseguia imaginar o sofrimento do desventurado casal para reprimir a paixão.

— Sebastián, você escreve muito bem! Já pensou em ser escritor? — comentou.

Imaginando ser um deboche da amiga, limitou-se a rir.

— Pelo amor de Deus, Laura. Posso ser no máximo um bisbilhoteiro da vida alheia — respondeu.

— Se você nunca pensou nisso, aconselho a começar a pensar. A escrita está no teu sangue — sentenciou a amiga, deixando claro que falava sério.

De início não levou aquela opinião em conta. Supôs que Laura estava tentando conquistá-lo e alimentar seu ego fazia parte da estratégia. Quando contou a Henrique Suárez a história do encontro dos dois idosos e comentou sobre a sugestão de Laura de que a colocasse no papel, o amigo pediu para ler o texto. Ao terminar, Henrique ficou alguns segundos em silêncio fitando Sebastián com seriedade. Aquela reação acionou de imediato a imaginação de Sebastián: "Será que a velha é avó do Henrique?", pensou.

— Se eu tivesse a tua vocação largaria de imediato a faculdade e a merda do teu emprego no escritório e me dedicaria a escrever — disse.

E foi assim, totalmente por acaso e incentivado por dois dos seus melhores amigos que "iniciei uma relação de amor nem sempre correspondido com as palavras" – como ele definiu.

Elvira escutou em silêncio o relato e assim permaneceu por mais algum tempo. Aproveitou que Sebastián fixou o olhar num ponto vazio, como se estivesse revivendo aqueles distantes momentos e, enquanto as palavras ainda estavam frescas, tentava sentir o que significava a peculiaridade de Sebastián de criar histórias a partir de simples situações com as quais se deparava casualmente. Certamente ela teria passado por inúmeras cenas que mereceriam ser exploradas, mas sequer as notou.

Marcaram uma nova conversa para o dia seguinte. Seria a última dessa primeira rodada de entrevistas. Novamente Elvira dispensou a carona e voltou andando para o hotel. Parou no caminho para comer um pedaço de pizza com 'feiná ' (massa feita com farinha de grão de bico), lanche típico que a havia conquistado a ponto de abandonar, com uma pontinha de culpa, o regime de baixos carboidratos que estava fazendo. No lugar de rever suas anotações, como costumava fazer quando comia sozinha, resolveu observar as pessoas, sem ser notada. Por mais que se esforçasse para imaginar histórias criativas a partir de cenas banais, como brotavam naturalmente na cabeça de Sebastián, para ela esse exercício produzia apenas situações forçadas, pouco imaginativas. "Como eu gostaria de entrar na cabeça dele, por um momento que fosse, e viajar em seus devaneios", pensou.

No dia seguinte, Sebastián contou sobre as primeiras remunerações conquistadas a partir de sua recém-descoberta vocação para a escrita. E mais uma vez quem lhe deu o empurrão inicial foi o amigo Henrique Suárez. Ele apresentou Sebastián a um conhecido que estava à frente de uma revista de amenidades. Seu primeiro trabalho foi como revisor de textos. No início limitava-se a corrigir erros de escrita, pontuação, concordância. À medida que ficava mais íntimo do editor, passou a sugerir alterações para deixar os textos mais coloquiais, interessantes. Seu chefe gostou do estilo e o convidou para escrever uma coluna sobre a sociedade montevideana, que nada mais era do que reunir as fofocas que circulavam sobre os famosos e contá-las de maneira criativa. O salário era baixo, os temas fúteis, mas foi um dos trabalhos em que Sebastián mais se divertiu. Acabou se tornando íntimo dos ricaços e convidado para festas em ambientes que sua condição financeira jamais lhe permitiria frequentar.

Apesar de ser basicamente uma coluna de intrigas e fofocas, os leitores admiravam a qualidade da escrita e a perspicácia do autor. A repercussão de sua coluna foi tão grande, que o convidaram a participar da equipe fundadora de uma revista que pretendia ser uma espécie de porta-voz da renovação. Um farol da modernidade, como se autoproclamava. E essa renovação era ampla, passando da política e economia à cultura e aos costumes. Batizada com o pretensioso – e um tanto óbvio – nome de *Adelante*, era uma publicação mensal que durante algum tempo fez muito sucesso entre os jovens, mas criticada tanto pelos setores mais conservadores da sociedade uruguaia – por razões evidentes – quanto pelos movimentos de esquerda, por acreditarem que a discussão sobre temas como o divórcio e o direito de mulheres fumarem em ambientes públicos desviavam a atenção dos verdadeiros problemas da sociedade e retardavam o avanço do proletariado em sua inexorável luta para a construção de uma sociedade justa.

Sebastián ficou encarregado de escrever crônicas sobre o cotidiano dos montevideanos. Suas ácidas críticas aos costumes e às rígidas regras impostas sutilmente pela sociedade imediatamente conquistaram o público e tornaram sua coluna a mais lida da revista. Nessas críticas, sempre temperadas com muito humor e ironia, era implacável com a falsa moral predominante, que, dizia ele, julgava e condenava com rigor, sem direito à defesa, as pessoas que ousassem ultrapassar os limites convencionados pela sociedade. Foi nessa época que Sebastián cunhou a palavra 'hipocracia' para designar uma sociedade comandada por uma elite de hipócritas, termo que fez parte do título de seu primeiro livro – *O reino da hipocracia* –, reunindo uma seleção de crônicas publicadas em *Adelante*.

Essa obra ainda recebia reedições. Não apenas por se entender que muitas das críticas feitas à época permaneciam pertinentes – claro que com outros personagens e cenários – mas por se tratar do único dos 12 livros escritos por Sebastián que não tinha paixão, conquistas e desejo como temas centrais. As críticas podem parecer óbvias nos tempos atuais, mas na década de 50, quando o mundo se recuperava do pesadelo da 2ª Guerra Mundial e a televisão no Uruguai ainda era quase um objeto de ficção científica, tinham um quê de visionárias. A renovação tão desejada pela equipe da *Adelante* acabou encontrando nos temas relacionados às regras de comportamento, graças à seção de Sebastián, sua bandeira mais emblemática. As críticas e reflexões extrapolaram a sua coluna e invadiram páginas e capas da publicação. Sem querer, Sebastián indicou a direção para onde *Adelante* deveria seguir.

— Até quando você escreveu para essa revista? — quis saber Elvira.

— Até o dia em que percebi que começavam a me idolatrar. Mandavam cartas à redação, reproduziam minhas crônicas, realizavam debates sobre os temas que eu escrevia e me convidavam para falar. No início achei interessante. Pensava, comovido, que finalmente uma parte dos uruguaios começava a se rebelar contra as amarras que a sociedade arcaica lhes colocava. Mas eu não tenho vocação para ser porta-voz de coisa alguma e muito menos ídolo. Aliás, um dos alvos centrais das minhas críticas eram justamente os ídolos que a sociedade escolhia e que se achavam no direito de cagar regras, determinar costumes.

Para desgosto dos leitores e desespero da equipe da revista, Sebastián encerrou sua participação na *Adelante* no auge do sucesso da coluna. Sua última crônica justamente advertia para o risco da idolatria, mesmo quando esses ídolos aparentavam portar mensagens libertadoras. Só seus amigos mais próximos, como Laura e Henrique, perceberam que mais do que um alerta, o texto indicava nas entrelinhas os motivos de sua saída.

— E como você passou de cronista a romancista? — indagou Elvira.

A projeção alcançada na revista e a vendagem de seu livro com a coletânea de crônicas lhe renderam um convite para que passasse a se dedicar à literatura. Quem fez a proposta foi Cesar Fuentes, já falecido, pai de Hector Fuentes, seu atual editor. Elvira anotava em seu bloco o nome do editor, mas ficou em dúvida sobre quem seria o pai e quem seria o filho. Ao se dirigir a Sebastián para fazer essa pergunta, num gesto repentino e inesperado, cruzou com o olhar de Sebastián que a fitava de uma maneira que nunca havia notado. Era uma mistura de carinho, curiosidade e, pareceu-lhe, também desejo. Especialmente porque aquela mirada havia resvalado, por uma fração de segundo, nos joelhos de Elvira. Sebastián provavelmente não esperava por esse fugaz encontro de olhares e esquivou-se aproveitando a dúvida de Elvira:

— Cesar, o pai, era uma pessoa adorável e muito sensível. Hector herdou a editora, mas não a capacidade de identificar nas pessoas apenas as virtudes literárias.

Pela primeira vez sentiu em seu entrevistado, sempre tão seguro com as palavras e com os gestos, um certo embaraço. Elvira voltou às suas anotações e destacou: Cesar, pai; Hector, filho.

— Além de crônicas e romances, você experimentou algum outro gênero narrativo? Poesia, por exemplo — indagou Elvira, retomando o fluxo da entrevista.

— Até gostaria de escrever poesias, mas não sou suficientemente sensível. Ou talvez até agora não tenha conhecido uma musa que me inspirasse — respondeu, em tom de zombaria.

À noite, deitada, tentava embalar o sono assistindo um telejornal local, mas seu pensamento não conseguia sair daquele olhar de Sebastián. Poderia ser a maneira como um pai ou avô contemplam, com admiração, uma filha ou neta concentrada em seu trabalho. Mas lhe pareceu que a expressão de Sebastián tinha mais a ver com a forma como um homem observa uma mulher. No lugar de incomodá-la, essa ideia a deixou animada. Tentou brincar interiormente como se estivesse revoltada – "que velho safado!" –, mas não achou graça.

Seria injusto de sua parte interpretar aquele olhar como simples safadeza. Pensou – sem ter certeza – que jamais havia despertado esse tipo de olhar em outro homem. Nem no Rafa. Podia estar enganada, mas preferiu deixar seu pensamento fluir por esse cenário de desejo, pouco se importando se entre as idades de admirador e admirada havia uma distância de quase seis décadas.

No dia seguinte Lucía e Rodolfo mais uma vez fizeram a gentileza de levá-la até o aeroporto de Carrasco. No caminho, Lucía lhe entregou um *pen drive* com centenas de reportagens digitalizadas que muito ajudariam na pesquisa. O *pen drive* não continha todo o conteúdo das pastas, mas uma boa parte, incluindo material retirado de sites. Além disso, tinha uma seleção de fotos que também não faziam parte do arquivo impresso. E sempre com seu tom amigável, perguntou:

— Foi boa a conversa?

— Muito boa. Ele contou sobre o começo de sua relação com a escrita. A história daquelas duas pessoas idosas que inspirou seu primeiro conto e o período em que trabalhou na *Adelante* — respondeu Elvira.

— Ele falou sobre o Henrique Suárez? — intrometeu-se Rodolfo.

— Sim. Pelo jeito foram muito amigos.

Depois de alguns minutos de silêncio, Lucía respondeu:

— Muito...

E nada mais disse. Elvira ficou com a sensação de que valeria a pena investir nesse personagem para entender melhor seu biografado, mas não falou nada. Entendeu como uma dica de Lucía e Rodolfo, que não queriam interferir no rumo das conversas, mas apenas sugerir um caminho. Só memorizou que no próximo encontro pediria a Sebastián que falasse mais sobre essa amizade. Assim que chegou ao aeroporto, depois de se despedir do casal, puxou o bloco e anotou: "falar sobre Henrique Suárez". E fez vários círculos em torno do nome.

Rafael havia preparado um jantar especial para recebê-la. A carne feita no forno combinava com o vinho tannat trazido pela Elvira. Em praticamente todos os dias de sua estada em Montevidéu ela havia bebido tannat no almoço e no jantar. Ao comentar isso com Rafael, notou que uma diferença interessante entre escrever para a revista e se dedicar à produção de um livro era a possibilidade de beber enquanto trabalhava.

— Rafa, estou adorando ser escritora. Posso beber sem culpa durante o trabalho — festejou.

Seu namorado não entendeu bem o que ela quis dizer, mas gostou de vê-la assim animada e bateu levemente na taça de Elvira. E como de hábito, brindou também com a garrafa: "Para que nunca nos falte bebida".

Elvira queria muito conversar com Ernesto e entender melhor a importância de Henrique Suárez na vida de Sebastián, mas preferiu passar alguns momentos com Rafa. Haviam ficado uma semana distantes e sentia muito a falta de sua companhia. Colocou no Spotify 'Por uma cabeza' e puxou o namorado para uma dança. Nenhum dos dois se arriscou a dar aqueles passos contorcidos do tango, mas deixaram que os corpos se aproximassem e se mesclassem. Sem notar, talvez pela excitação ou por efeito do vinho, logo estavam despidos. A mistura da música e o efeito do álcool embalaram o sexo, que fluiu como se fosse a primeira vez. Elvira, de olhos fechados, cheirava a nuca de Rafael, aspirando lenta e profundamente, como se quisesse absorver cada nota de seu cheiro. Repetiu e repetiu aquele gesto, acompanhando o balanço dos dois corpos entrelaçados.

— Para, Elvira, isso dá cócegas — interrompeu Rafael, rindo.

— Não, Rafa. Teu cheiro é uma delícia. Como não percebi antes? — disse Elvira, puxando com força a cabeça do namorado contra a sua. Ela sugava o ar com força, como se quisesse tragar seu companheiro pelas narinas. Rafael estranhou aquele comportamento da Elvira, mas entrou no jogo. Sempre a achara muito contida e um tanto convencional durante o sexo. Não iria reprimi-la, bem agora que se soltava. E como era comum nos primeiros tempos do relacionamento, acabaram dormindo exaustos e abraçados no tapete da sala.

Quando Elvira acordou era cedo para falar com Ernesto. E como Rafael ainda dormia, tomou um café e decidiu fazer uma caminhada pelo bairro. Lembrou-se de como o cheiro do namorado havia mexido com ela na noite anterior e, no lugar de ficar envergonhada – como teria acontecido até algum tempo atrás –, sentiu-se feliz, satisfeita. Associou, claro, essa ousadia olfativa à influência de Sebastián. Lembrou-se não só daquele trecho do livro em que relacionava olfato e desejo, mas de alguns gestos sutis e que, agora, ganhavam importância. O hábito de fechar os olhos e sentir o aroma do vinho antes de dar um gole e de aspirar sua pele por uma fração de segundo ao cumprimentá-la com um beijo.

Essa imagem ficou retida em seu pensamento e sentiu um arrepio a lhe percorrer a espinha.

De volta a casa, conectou-se com Ernesto. Como sempre, procurava se mostrar profissional e passar isenção em relação a Sebastián.

— Ernesto, me fala um pouco sobre a amizade entre ele e o Henrique Suárez — pediu Elvira assim que seu amigo encerrou suas mesuras iniciais.

— Querida, provavelmente esse vai ser um dos capítulos mais longos e intensos do nosso livro.

Ernesto confirmou que Henrique havia sido a pessoa que mais incentivou e influenciou Sebastián, ao lado de Laura, em sua caminhada literária e, também, nos contatos com a boemia montevideana e nas posições políticas. Pelas mãos de Henrique passou a fazer parte dos movimentos de oposição à ditadura e por causa da morte dele, nos porões dos presídios políticos, Sebastián resolveu se exilar na Espanha até a volta da democracia.

A proximidade entre os dois havia servido de combustível para alimentar diversas versões, inclusive a de que mais do que amigos, eram amantes. Ernesto chegou a acreditar – ou se iludir – nessa suspeita. Com o tempo, entretanto, ficou claro que a razão de tamanha união era uma forte amizade e afinidade profunda nos valores e nas posições. Numa das raras ocasiões em que Sebastián tocou no assunto numa entrevista, comentou que a sintonia entre eles era tamanha que muitos documentos contrários ao regime militar haviam sido escritos por eles em parceria, mas não juntos e ao mesmo tempo. Um se encarregava da abertura do texto e o outro prosseguia, com tal coerência de conteúdo e de estilo que era impossível identificar qual dos dois havia redigido determinado trecho.

Quando terminou de conversar com o amigo argentino, resolveu procurar no *pen drive* reportagens que mencionassem Henrique Suárez. Encontrou vários textos. Um deles lhe chamou atenção. Noticiava que Suárez, "advogado de presos políticos", havia sido detido para prestar esclarecimentos. O comunicado oficial limitava-se a informar laconicamente – como era habitual naqueles tempos – a suspeita de que Henrique Suárez, aproveitando-se de sua condição de advogado, servia como intermediário na transmissão de informações entre dirigentes da oposição presos e os que viviam na clandestinidade. A reportagem trazia também uma breve menção a Sebastián: "o escritor Sebastián F. Milies, amigo próximo do advogado detido, manifestou seu desejo de que Henrique Suárez deixasse logo a unidade da polícia para onde foi encaminhado".

Essa foi a última matéria em que o advogado foi citado com vida. A seguinte, publicada cerca de duas semanas depois, era uma pequena nota informando que "o advogado Henrique Suárez fora encontrado morto na cela onde estava detido para esclarecimentos. De acordo com as autoridades, ele havia cometido suicídio". Na mesma pasta de arquivos havia uma notícia maior, publicada dois dias depois, reportando o enterro de Henrique Suárez. Elvira concentrou sua atenção na foto, que mostrava Sebastián, devastado, segurando uma das alças do caixão. O texto repetia a explicação oficial e Sebastián sequer era mencionado, nem mesmo na legenda. Naqueles tempos a imprensa era muito controlada. Provavelmente os jornalistas quiseram informar sutilmente sobre a dor do escritor ao perder o amigo, mas sem chamar muito a atenção. Se o mencionassem nominalmente talvez todo o material tivesse sido censurado. Elvira ampliou a foto o máximo que conseguiu sem distorcer a imagem e ficou alguns minutos observando a expressão de Sebastián. Pareceu-lhe uma mistura de dor e de revolta.

Aquele olhar ficou gravado em sua memória por todo o dia e de tempos em tempos, sem qualquer associação, voltava a vagar por seu pensamento. Por ter conhecido Sebastián já idoso e sempre ostentando um olhar sereno, era-lhe difícil concebê-lo daquele jeito sofrido. Fechou os olhos e tentou se imaginar vivendo aquele momento. A impossibilidade de expressar sua revolta, a tristeza pela perda de um amigo tão próximo assassinado em sessões de tortura, a sensação de total impotência. Ainda de olhos fechados, Elvira chorou. "Como deve ter sido foda", pensou.

Nascida em 1985, quando o Brasil iniciava o caminho da redemocratização, ela não havia vivido os anos mais duros, mas tinha muitas informações sobre a ditadura brasileira a partir da leitura de livros de história, conversas com colegas mais velhos e, principalmente, pelos relatos do pai, que participara de movimentos de resistência ao regime militar. Também seu pai havia perdido amigos durante aqueles tempos sombrios, mas nunca a imagem da violência a havia sensibilizado de maneira tão intensa como agora, vendo Sebastián carregando o caixão do amigo morto.

O Parque Trianon era um de lugares prediletos de Elvira em São Paulo. Sempre se admirava que, ao lado da avenida Paulista, uma das áreas mais valorizadas, ocupadas e nervosas da megalópole, existisse um oásis de vegetação onde era possível sentir o cheiro de mato e ouvir o canto dos pássaros. Com frequência ia ao parque e ficava sentada em algum banco lendo um livro ou apenas deixando o tempo passar. Sentia-se, assim, de volta à sua Sorocaba natal. Naquela tarde, ainda sob o impacto da leitura das reportagens do arquivo, resolveu refugiar-se no sossego do Trianon. Enquanto observava uma ave fazendo rápidas aterrissagens numa poça d'água, sacolejando nervosamente a cabeça, notou que uma mulher de meia-idade, vestindo roupas que lhe pareceram muito elegantes para um lugar como aquele, sentou-se em um banco a alguns metros do seu e começou a folhear uma revista sem, pareceu-lhe, se concentrar na leitura. Pouco depois chegou um homem que aparentava ser bem mais jovem e começaram a conversar. Elvira observava procurando não ser notada. De onde estava não conseguia ouvir a conversa, até porque falavam baixo. As frases eram apressadas, como quem dispõe de pouco tempo, e algumas vezes as falas se sobrepunham, obrigando ora um, ora outro, a ceder a vez. Aparentavam se tratar com intimidade, mas em nenhum momento riram. Ao se despedirem, o homem olhou em volta – Elvira fingia ler seu livro com a cabeça abaixada, mas observando por cima do aro de seus óculos – e passou à mulher um envelope pardo. Os dois trocaram um sorriso muito discreto e o único gesto de afeto ficou por conta de um aperto de mão mais demorado do que o habitual. Os dedos escorregaram lentamente ao se separarem, como se quisessem prolongar por alguns instantes o contato. Depois de um minuto ou dois da saída do homem, a mulher fechou a revista com o envelope dentro e a colocou na bolsa. Olhou rapidamente em volta, levantou-se e também saiu.

Elvira registrou com atenção toda a cena e colocou na conta de sua crônica timidez ter conseguido passar praticamente invisível para aquele estranho casal. Era uma qualidade que desenvolvera ao longo da vida e que lhe era especialmente útil em reuniões sociais ou eventos onde conhecia pouca gente. Nessas ocasiões, conseguia passar o tempo todo observando as pessoas sem ser notada. 'La mujer invisible', apelidou-se em espanhol.

Permaneceu sentada por mais um bom tempo, imaginando a história que estaria por trás daquela cena. Conjecturou sobre qual seria o enredo que Sebastián criaria a partir daquele encontro que, pensava Elvira, tinha muito mais potencial do que o episódio casual dos dois idosos na 'rambla' de Pocitos. "Será que estavam planejando fugir juntos do país e ele lhe entregou as passagens? Ou talvez fosse um assassino de aluguel que matou o marido dela e agora estavam acertando as contas? Não. Nesse caso, ela teria dado o envelope ao homem. E se fosse um detetive entregando fotografias do marido dela comprovando que a estava traindo ou alguém que a estava chantageando? Não acredito. A forma como se despediram, tocando-se carinhosamente as mãos, revela alguma relação mais próxima". O pensamento de Elvira foi percorrendo várias possibilidades, todas descartadas. "Não adianta, Vira. Você jamais será uma romancista. Tua imaginação é muito preguiçosa", repreendeu-se.

No caminho para casa, ainda com o pensamento voltado ao casal do Trianon, imaginou que o rapaz poderia ser o enteado da mulher, com quem tinha um romance obviamente escondido. Na conversa, acertavam os detalhes sobre um apartamento que haviam alugado para os encontros furtivos. "Em nome de quem havia sido feita a locação? Essa pessoa era de confiança? Como fariam para marcar os encontros sem serem descobertos?"

— Sim, a pessoa que alugou formalmente é da minha total confiança e desconhece com quem vou utilizar apartamento. Tive o cuidado de escolher um prédio antigo, sem portaria. Não vamos nos encontrar em dias fixos e nem usar WhatsApp para marcar os encontros. Meu pai pode achar estranho eu te mandar uma mensagem. Vamos combinar sempre pessoalmente; afinal, moramos na mesma casa e conversamos todos os dias — ao se despedirem, o rapaz entregou no envelope as chaves do apartamento e um papel com o endereço anotado.

    Sem perceber, Elvira foi mergulhando em alguns labirintos desse enredo. "Desde quando a mulher seria casada com o pai do amante? Será que conheceu o rapaz ainda criança? Quem teria tomado a iniciativa de ultrapassar o limite de serem madrasta e enteado? Sentiam algum remorso?". Vai ver que o marido era um homem violento, prepotente, machista, que tratava a mulher como sua propriedade. Um pai ausente, autoritário, que vivia humilhando o filho por não conseguir se manter apesar de seus quase 30 anos. "Bem feito, seu babaca. Teve o troco merecido", comemorou Elvira, satisfeita com o imaginário desfecho.

Elvira aproveitou o voo a Montevidéu para ler alguns textos sobre o período em que Sebastián havia se exilado em Madri. Como nas conversas que teria com o escritor perguntaria sobre a amizade com Henrique Suárez, tinha certeza de que a entrevista acabaria desembocando nesse tema. "O que motivou exatamente sua decisão de deixar o país? Ele foi ameaçado pela repressão? Como foram os anos vividos no exterior?".

Em meio a várias reportagens que o mostravam na Espanha, chamou-lhe a atenção uma foto de Sebastián ao lado de Almodóvar. O texto confirmava a admiração mútua e uma frase do cineasta espanhol dava a pista das razões dessa identidade. "Somos unidos pela forma como sublimamos o desejo", declarou Almodóvar. E como Ernesto lhe contara, explicou que ao fazer um filme sempre imaginava se Sebastián Milies aprovaria. O que o amigo argentino não havia lhe dito é que essa atitude era recíproca. "Eu, quando escrevo um livro, fico imaginando se Almodóvar gostaria de filmar a história. Mas infelizmente até agora ele nunca me procurou com essa proposta", afirmou Sebastián ao jornal espanhol. "Quem sabe, podemos aproveitar a estada dele na Espanha para fazermos um projeto juntos?", emendou escorregadio o cineasta, mas essa possibilidade jamais se concretizou.

    Elvira chegou a Montevidéu no final da tarde. Lucía, que a havia ido buscar no aeroporto com Rodolfo, sugeriu que descansasse um pouco no hotel e depois jantariam os quatro juntos. Iam levá-la a um restaurante na região de Punta Carretas.

    Pontualmente às oito da noite ela desceu e esperou alguns minutos até que os três passaram para buscá-la. Sentou-se no banco de trás ao lado de Sebastián. Ele vestia um blazer de lã e havia passado uma colônia que lhe pareceu deliciosa.

— 'Hola, niña'. Como você está?

— Muito bem, Sebastián. E você?

— Ótimo. E muito animado com nosso jantar. Sempre insisto com esses dois para jantarmos fora, mas eles acham um tédio sair só comigo. Por isso, quando temos alguma visita acabam cedendo. Por mim, jantaríamos fora todos os dias, mas meus pais são muito desanimados — provocou Sebastián.

— Como você é injusto, Sebastián. Fico até com vontade de contar à nossa querida Elvira que você sempre prefere ficar em casa, mas em respeito a teus cabelos brancos, vou me conter — devolveu Lucía. Elvira riu.

    Rodolfo, que normalmente se concentrava na direção, entrou na conversa.

— Em defesa de Sebastián devo admitir que, embora ele preferisse ficar em casa, nunca se trocou tão rápido para sair. E lembrou-se até de se perfumar.

— É meu aroma natural, Rodolfo — brincou Sebastián.

    Embora a noite estivesse bem fria, havia muita gente no restaurante, fato não muito usual para os padrões montevideanos, principalmente no inverno. Rodolfo entrou na frente e disse que havia reservado mesa para quatro. A recepcionista, com a habitual formalidade uruguaia, pediu para esperarem, pois a mesa ainda estava sendo preparada, mas quando viu de quem se tratava, derreteu-se em sorrisos.

— É a primeira vez que vocês vêm aqui? É um prazer muito grande recebê-los. Vamos preparar a melhor mesa do restaurante.

Rodolfo disse que não precisava ser a melhor, mas agradeceria se fosse numa área um pouco mais reservada. Durante o jantar, conversaram sobre vários temas. Elvira ficou surpresa com o conhecimento de Rodolfo sobre música brasileira. Não só dos mais famosos no exterior – Chico Buarque, Caetano Veloso, Tom Jobim – mas de instrumentistas que mesmo no Brasil eram admirados somente em alguns guetos, como Egberto Gismonti e Hermeto Pascoal.

— Se ele não fosse advogado e um dos tutores de Sebastián, certamente seria músico — disse Lucía.

— Sério? Você toca algum instrumento? — quis saber Elvira.

Rodolfo contou que tivera uma formação musical clássica. Tocava piano desde criança e, "modéstia à parte", não passava vergonha quando fazia algum recital. Mas tinha predileção pela música experimental.

— Vocês, uruguaios, não cansam de me surpreender — comentou Elvira.

Confessou que até conhecia Hermeto e Gismonti de nome, mas nunca tivera curiosidade de escutá-los.

— Se puder, vale a pena. São universais. Gosto de pensar que se os compositores clássicos continuassem vivos, suas obras seriam hoje como as composições de Hermeto, Gismonti e de outros do mesmo nível — divagou Rodolfo.

— Elvira — disse Sebastián — vamos marcar uma noite em casa para você ouvir Rodolfo tocar. É um músico de primeira. Muitos se iludem achando que eu sou o notável da família, mas na realidade o verdadeiro virtuoso é ele. Não sei o que uma pessoa tão sensível e inspirada como o Rodolfo viu na minha fria e pragmática sobrinha.

— Sebastián, eu sou a inspiração dele — respondeu Lucía. E num gesto teatralmente intimidador, dirigiu-se ao marido: — Não é verdade?

A conversa prosseguiu animada noite adentro, durante três garrafas de vinho. Elvira desfrutava de cada história, cada gole e cada provocação entre eles. Chamou-lhe especialmente a atenção a forma como outras pessoas que estavam no restaurante tratavam Sebastián. Pareciam íntimos. "O 'asado' está no ponto que você gosta?", perguntou-lhe um garçom. "Agora ninguém segura nosso Peñarol", comentou outro. Clientes de outras mesas despediam-se dele, à distância, como se fossem conhecidos.

— Tchau, Sebastián, se cuida do frio.

"Mais do que popular, pertencia à sua gente", pensou Elvira, sentindo uma grande inveja. "No Brasil dificilmente um escritor é reconhecido num restaurante", lamentou.

Em meio a esses pensamentos, Elvira notou Sebastián observando com maldisfarçada atenção uma mesa próxima. Olhou na mesma direção para identificar o que tanto lhe atraía a atenção e viu um casal em silêncio, cada um olhando fixamente para o horizonte em sua frente. A mulher até dava algumas garfadas, mas o prato do homem estava intacto.

Sebastián recomendou a Lucía e Rodolfo que também olhassem, discretamente. O homem sorvia breves goles de sua taça de vinho, como se fosse apenas para passar o tempo. Depois de alguns minutos, sempre sem interação entre os dois, a mulher pediu a conta, pagou com cartão e saíram. O garçom nem se preocupou em perguntar se estavam insatisfeitos com a comida. Certamente concluiu que a razão daquele comportamento não estava no serviço do restaurante.

— Que cena estranha! O que pode ter acontecido? — perguntou Sebastián assim que os dois deixaram o restaurante.

Para Lucía, não passava de uma indisposição estomacal do homem, o que lhe tirara completamente o apetite. E ela, em consequência, havia perdido a vontade de permanecer no restaurante.

— Mas quem está indisposto normalmente toma água, não vinho — ponderou Sebastián.

Lucía assentiu.

Na opinião de Elvira, pouco antes de chegarem ao restaurante um dos dois confessara que tinha um – ou uma – amante.

— Qual dos dois? — provocou Sebastián.

— Arriscaria a dizer que ela, porque ao menos experimentou a comida. O homem nem tocou no prato — respondeu Elvira.

Lucía fez uma expressão de dúvida. Para ela, se um dos dois tivesse confessado um caso extraconjugal provavelmente teriam cancelado o jantar. Os três concordaram.

— E você, Rodolfo, tem alguma teoria? — perguntou Sebastián.

— Eles perderam um filho há alguns meses e desde então vivem isolados, com a companhia apenas da insuportável dor do luto. A vida para eles acabou. Durante todos esses meses, em nenhum momento se deram o direito de ter algum prazer, por menor que fosse. Uns dias atrás, talvez por sugestão de algum amigo muito próximo, concluíram que não poderiam passar o resto de suas vidas convivendo apenas com a dor e o sofrimento. Precisavam optar entre seguir adiante, por mais doloroso que fosse, ou se entregar ao amargo sabor da morte. Imaginaram, então, que deveriam se preparar para emergir e uma forma possível de recomeçar a viver seria com um jantar no restaurante onde costumavam ir antes da tragédia. Chegando aqui, porém, notaram que não estavam prontos para dar esse passo. A tentativa de voltar a sentir algum prazer era como se ofendesse a memória do filho morto. Ela ainda tentou comer. Ele nem isso. Bebia mecanicamente pequenos goles de vinho, mas poderia ser água, ou a taça poderia estar vazia. Não estavam prontos para se resignarem da perda do filho. Talvez nunca estarão — disse Rodolfo, de um só fôlego.

Quando acabou de falar, os quatro estavam com os olhos lacrimejantes.

— Talvez tenham vindo aqui para selar um pacto de suicídio. Deve ser insuportável conviver com essa perda — falou Sebastián, depois de algum tempo de silêncio.

E dirigindo-se a Rodolfo, comentou:

— Com toda a efervescência da minha imaginação e minha experiência em criar enredos, jamais teria pensado numa história como a sua. Por que você não coloca tudo isso no papel?

Por quase todo o caminho para o hotel, onde deixariam Elvira, os quatro ficaram calados. Se a hipótese levantada por Rodolfo era real ou não em nada interferia. Estavam sensibilizados com a dor do casal.

— Dizem que não há sofrimento maior do que a perda de um filho — comentou Lucía, em algum momento do trajeto. Todos concordaram.

Ao deixarem Elvira no hotel Sebastián aconselhou:

— Amanhã, *niña*, se agasalhe. Nossa conversa vai ser ao ar livre.

— Com esse frio, você vai ficar doente — protestou Lucía, de imediato.

— Doença é um estado de espírito — retrucou Sebastián. E alegou que num lugar aberto suas lembranças fluiriam mais livremente. A ideia dele era passearem pelo Parque Rodó e escolherem um banco para conversarem, de preferência perto dos eucaliptos, que são a "marca olfativa" do lugar.

Na manhã seguinte Sebastián e Rodolfo passaram no hotel no horário combinado. Elvira esperava na recepção. Para se precaver do frio, Sebastián vestia blazer e calça de lã. O que o deixava mais elegante, porém, eram o cachecol e a boina, inclinada para um dos lados. Elvira notou que apesar da idade, a indumentária lhe dava um grande charme e ao cumprimentá-lo com um beijo sentiu novamente seu perfume. Sem perceber, deu-lhe um beijo aspirado, procurando inalar integralmente seu aroma.

Ela já havia passado algumas vezes pelo Parque Rodó, mas de carro. Os gramados bem cuidados do clube de golfe ao lado do parque sempre lhe chamaram a atenção. Era a primeira vez que andaria a pé por lá. Teria preferido caminhar por ali num dia mais quente, mas conformou-se com a ideia de que estava a trabalho e não a passeio.

A pedido de Sebastián, Rodolfo deixou os dois perto do cassino.

— Já me diverti muito, mas também perdi muito dinheiro ali — comentou Sebastián. Contou que na década de 50 gostava muito do ambiente dos cassinos, onde podia beber, conversar e arriscar a sorte. Atualmente achava o jogo de azar uma bobagem. — O cassino é uma das armadilhas mais traiçoeiras que o capitalismo criou, disse.

O cassino do Parque Rodó era um cenário recorrente em seus livros e muitos personagens haviam sido inspirados em pessoas que frequentavam ou trabalhavam lá. *Croupier*, um de seus livros, tinha relação direta com o jogo, como era fácil deduzir. Contava a história de um profissional encarregado de rodar a roleta que havia sido encontrado sem vida na praia de Pocitos. Seu corpo apresentava sinais de tortura e o pênis havia sido arrancado. Ao longo da história vai se conhecendo uma atividade paralela do *croupier* e que se constituía em sua principal fonte de renda: conquistava mulheres casadas e com a cumplicidade de outro profissional do cassino era fotografado em cenas comprometedoras. Depois chantageava suas vítimas ameaçando entregar as fotos aos maridos. Para compor o tipo físico de seu personagem, Sebastián observou durante meses um dos *croupiers* do cassino. Era um rapaz muito simpático e falante. Para Sebastián sempre era mais fácil descrever os personagens quando se inspirava em alguém real, mesmo que não fosse seu conhecido. Apesar de ter inventado toda a trama, houve uma coincidência que atormentou Sebastián por muito tempo. Como ocorrera com seu personagem, também o *croupier* verdadeiro havia tido uma morte trágica. Foi denunciado pela direção do cassino de conduzir os resultados da roleta beneficiando apostadores mancomunados com ele. Detido para investigação, dias depois apareceu enforcado na cela. As autoridades informaram que havia se suicidado e o caso foi encerrado, mas para Sebastián pode ter sido assassinado a mando dos diretores do cassino como forma de advertir outros profissionais de que essa atitude nunca seria tolerada. Sebastián conhecia aquele *croupier* somente de vista. Embora o tivesse observado discretamente por muito tempo, nunca conversaram. Contou que havia sofrido muito com aquela morte e confidenciou que tinha uma admiração especial por transgressores. Não podia deixar de reconhecer uma empatia especial com as pessoas que se arriscavam a desafiar a lei e os costumes. Na literatura, disse, são sempre os personagens mais interessantes.

— Esse cassino tem muitas histórias. Mas não é sobre ele que vamos falar hoje. É você quem dá as cartas sobre o rumo das nossas conversas — falou Sebastián. E caminharam pelo interior do parque à procura de um banco mais reservado e num lugar razoavelmente protegido do vento que costuma castigar com especial rigor a região da 'rambla' de Montevidéu nessa época do ano.

Enquanto caminhavam, Sebastián ofereceu o braço a Elvira, que aceitou prontamente. Apesar de envergonhada, achou que assim sentiria menos frio. Pararam em frente à 'rambla' para apreciar a vastidão do Rio de la Plata. Ele contou que quando criança seu pai trazia com frequência a família a Montevidéu e iam à praia em Pocitos. Ao entrar na água do Rio de la Plata (para ele um mar que só anos depois, na adolescência, descobriria se tratar de um rio), imaginava que do outro lado ficava a Argentina. Ele acreditava que se nadasse na direção do horizonte e ultrapassasse o ponto onde a água e o céu se encontram, poderia avistar as edificações do lado argentino.

Elvira riu da história e fez algumas perguntas sobre a infância, a vida no interior e o Uruguai daquela época. Sebastián respondia sempre de maneira muito saborosa, mas Elvira pouco prestava atenção nas respostas. Na realidade, mesmo sem perceber, queria prolongar aquele momento. E enquanto Sebastián falava, conseguiu se imaginar cinco décadas antes saindo do cassino de braços dados com Sebastián e caminhando pelo Parque Rodó. Sebastián percebeu que suas palavras voavam sem destino e diminuiu o volume da voz, até parar de falar. Em silêncio, com o vento rude batendo no rosto, continuaram andando pelo parque em passos lentos. Nenhum dos dois se dispôs a interromper essa caminhada e cada um a seu jeito saboreou aquele inesperado momento até que as pernas cansadas de Sebastián precisaram de descanso.

Embora o principal tema que queria tratar naquela ida a Montevidéu fosse a amizade dele com Henrique Suárez, Elvira não quis entrar direto no assunto. Preferiu começar por uma abordagem que não motivasse de cara reações emocionais.

— Sebastián, um dos pontos que queria saber é justamente como você constrói os personagens. Por acaso você tocou no assunto quando contou a história do *croupier*. Poderia falar mais sobre isso, agora gravando?

— Como te disse, minha imaginação é muito fértil. Está sempre ativa e às vezes divaga tanto e em tais profundezas, que depois de um tempo nem sei se determinada situação ocorreu de fato ou inventei. Mas quando vou escrever uma história, preciso visualizar os personagens e recorro a pessoas reais para construí-los. Assim eles ficam mais verdadeiros — explicou Sebastián.

Normalmente se aprofundava tanto na composição dos personagens a partir de pessoas conhecidas – próximas ou não –, que muitas vezes não conseguia mais enxergar nas suas fontes de inspiração o ser original. Em sua imaginação, passavam a assumir integralmente as características dos protagonistas de suas histórias e quando agiam naturalmente, como eram de fato, para ele pareciam falsificações.

— Uma das minhas inspirações mais frequentes foi o Pocho. Você se lembra dele? O garçom daquele boteco de Ciudad Vieja.

— Lembro, claro — respondeu Elvira.

Para Sebastián, Pocho tinha uma aparência fascinante. Parecia ser uma pessoa simples, de feições comuns, rústica até, mas observando-o com atenção, seu rosto era misterioso, complexo como os vinhos de regiões áridas. Seus gestos formais e muitas vezes subservientes escondiam uma postura altiva, um tanto indomável. Sebastián o conhecia desde muito jovem e nunca havia conseguido definir se era um homem bonito ou não. Pouco sorria, mas quando o fazia, provocava um sentimento de afeto, quase compaixão.

— Sempre que ele sorri eu me emociono — confessou Sebastián. E quando passava por sua mesa, deixava como rasto um cheiro que misturava cigarro, fritura e alguma loção barata pós-barba. — É o cheiro típico de um homem do povo — resumiu.

De estatura média e físico moldado pelos quilômetros percorridos diariamente entre as mesas do café carregando pratos e bandejas, tinha no conjunto uma aparência agradável. Para Sebastián, Pocho se enquadrava no perfil dos homens simples, de poucas palavras, gestos contidos e bons amantes. Que conquistavam as mulheres pela condição natural, elementar, de serem machos, sem necessidade, intenção ou condições de exibirem senso de humor, conhecimento e nem mesmo os atributos físicos. Não discutiam a relação, não registravam datas importantes do casal e raramente davam algum presente para agradá-las, mas seduziam as mulheres pela autenticidade, pela simplicidade e por noites de sexo intenso.

— Eu nunca conversei com ele sobre isso, até para

não destruir os personagens que ele inspirou, mas se ele não for assim na realidade, tenho certeza de que está vivendo de forma equivocada — disse Sebastián, rindo de suas palavras.

Pocho deu vida a personagens em todos os seus livros.

— Sempre que precisei recorrer a um homem simples, de princípios sólidos e a dignidade dos pobres que idealizamos, eu me inspirava nele. Nunca foram figuras principais. Na maioria das vezes eram coadjuvantes, mas sempre personagens marcantes, contou Sebastián.

Ele revelou também que muitas vezes, quando emperrava na descrição de algum personagem, dava um jeito de se aproximar da pessoa que lhe serviu de referência para observar seus gestos, sua estampa, e assim deslanchar no relato. Como Pocho era um assíduo frequentador de seus enredos, ele tinha um costume infalível quando ficava travado em sua descrição. Chegava sério ao boteco e pedia para não ser incomodado. Apenas lhe faria um sinal quando quisesse mais uma xícara de café. E assim permanecia por muito tempo, às vezes horas, acompanhando disfarçadamente todos os movimentos do garçom. E sempre que Pocho olhava em sua direção, fingia concentrar a atenção na sua xícara, como se estivesse enredado em algum pensamento.

— Devo a Pocho muito mais do que ele imagina e sempre tentei retribuir de alguma forma. Quando lançava um livro, fazia uma noite de autógrafos no café e lhe dava um exemplar com dedicatória. Era minha maneira indireta de lhe agradecer tão valiosa e ignorada colaboração. Acho que ele vai ficar muito feliz quando ler a biografia e souber da participação que teve em minha obra, que foi muito além de me abastecer com presteza, por décadas, de café, 'media lunas' e grapa.

— E você está também presente em teus personagens?

As histórias que viveu, os romances, as conquistas também estão em teus livros? — indagou Elvira.

A pergunta, embora previsível, pareceu pegar Sebastián de surpresa. Ele ficou em silêncio, olhando na direção do rio.

— Elvira, pensei muito em como responderia essa pergunta. Vou te contar, mas aqui está muito frio. Vamos pedir ao Rodolfo para nos buscar e continuamos conversando em casa.

No cômodo que servia de escritório, com a calefação ligada, puderam se livrar dos agasalhos. Sebastián esperou ficarem a sós para oferecer a Elvira uma taça de vinho do Porto. Ela aceitou prontamente. O frio e o vento da 'rambla' haviam lhe deixado a sensação de que estava com as mãos e os pés adormecidos e seu pensamento parecia estar mais lento. O calor do escritório e o vinho do Porto aos poucos a ajudaram a recuperar o controle do corpo e da cabeça.

— Muitos acreditam que minha obra é uma autobiografia romanceada. Li isso em diversos textos e sempre achei muita graça. Os críticos escrevem sobre a inspiração para meu trabalho com uma certeza que eu mesmo jamais tive — começou a falar Sebastián, retomando abruptamente a conversa interrompida no Parque Rodó. Elvira, pega de surpresa, apressou-se a retirar o gravador e o bloco de anotações da bolsa.

Em tom professoral, como se estivesse fazendo uma palestra, comentou que todo escritor de romance sempre coloca de alguma forma suas vivências nos livros. Por meio de pessoas que conheceu, de reflexões feitas, de situações passadas. Sobre ele pesava essa dúvida de forma mais acentuada porque o tema recorrente em sua obra – a sedução – de alguma forma havia sido associado no imaginário das pessoas à sua própria história. Para uns, era um irresistível sedutor; para outros, um caçador incansável que somente serenava quando conquistava a sua presa. Ele se divertia com essas suposições e adotou o hábito de não se intrometer na discussão. Para seu editor, era uma excelente estratégia de marketing, já que a dúvida gerava um acalorado debate que mantinha os livros em evidência e alavancava as vendas. A atitude, no fundo, o ajudava a preservar a sua intimidade. Nunca gostou de se revelar.

— Sempre foi cômico ler textos em que os críticos associavam certas partes das histórias que eu escrevia com passagens de minha vida, mas que na realidade não tinham qualquer relação. Eu observava tudo isso distante, sem negar e nem confirmar. Um vago "pode ser" era meu comentário quando indagado sobre as suspeitas levantadas. Não queria que minha posição privilegiada, de ser o único a ter a resposta definitiva, inibisse os debates, muitos deles bem interessantes e fundamentados, apesar de irreais. Sentia que deixavam a minha vida mais rica e excitante.

Com o tempo, a dúvida sobre o grau de fusão entre a vida e a obra de Sebastián aumentava cada vez mais, assumindo uma condição quase lendária. O silêncio do escritor o acabou excluindo do debate. Os críticos literários e os leitores travavam o duelo de argumentos como se Sebastián simplesmente não existisse.

— Eu acabei me transformando num personagem de ficção da minha vida e as pessoas se achavam no direito de defender "verdades" a meu respeito que eu mesmo desconhecia. Virei uma espécie de espectador de um confronto que me tinha como tema central. É muito estranho tudo isso eu estando ainda vivo, mas não deixa de ser fascinante.

— Mas afinal, Sebastián, o que é verdade e o que é

falso nessa discussão? — interpelou Elvira.

Sebastián se recostou na poltrona, apoiou as mãos relaxadas sobre a cabeça e fechou os olhos para facilitar o fluxo do pensamento.

— Os dois lados têm razão, até certo ponto. Diversas passagens em seus livros, especialmente as relações mais intensas, foram inspiradas em experiências que havia passado ou em situações que gostaria de ter vivido, mas que de alguma forma foram frustradas. Ambas, portanto, estavam relacionadas com suas vivências ou fracassos pessoais, mas tinham a sua vida como ponto de referência. Suas características mais íntimas também estavam presentes nas narrativas, como não poderia deixar de ser. A mais frequente era a elevação do olfato à condição de principal fonte de estímulo ao desejo e ao prazer.

Em todas as suas histórias havia sempre uma figura masculina que se envolvia em casos ardentes e arriscados. Muitas vezes terminavam em tragédia. E era esse personagem com suas cálidas aventuras que despertavam a curiosidade dos leitores e da crítica para identificar até que ponto se inspiravam nas próprias experiências de Sebastián.

— Como te disse, eu preciso de referências para descrever as histórias e os personagens dos meus livros com mais realismo. Algumas situações eu vivi, outras tentei viver, mas não consegui, e outras, ainda, são frutos da minha imaginação a partir de alguma cena que presenciei. Como aquela entre os dois anciãos na 'rambla' — contou Sebastián.

Depois de uma pausa em silêncio, olhou para Elvira com a expressão de quem se prepara para fazer uma revelação importante.

— O que aconteceu diversas vezes — e fez com que

crescessem as suposições de que minha vida está descrita nos livros — foram coincidências que eu não consigo explicar. Vários romances que escrevi extraídos da minha imaginação se materializaram ou assemelharam tempos depois em situações reais. Não idênticas às descritas nos livros, mas com vários pontos coincidentes. Como se, ao contrário do que pensam, os livros tenham inspirado a minha vida, numa ardilosa inversão de referências.

Elvira ficou confusa e Sebastián resolveu explicar melhor utilizando um exemplo. Contou que a ideia central de um de seus livros surgiu quando casualmente viu numa revista a foto de um casal. Era um militar de alta patente com sua esposa. Ele sisudo, como costumam posar para foto os militares; ela discreta, mas radiante. Nem leu do que se tratava. Fixou-se apenas na imagem da mulher. Diferentemente do que imaginava serem as mulheres de militares, ela era charmosa e elegante. Nas férteis viagens empreendidas pelo interior de seu pensamento, começou a imaginar que a esposa do general aproveitava os longos períodos de ausência do marido para se encontrar com um homem diametralmente oposto a ele. Talvez um artista boêmio, anarquista. O enredo foi se desenvolvendo em sua mente e durante semanas não conseguia pensar em outra coisa. "Como teriam se conhecido? Onde os dois se encontrariam? Qual seria a emoção de correr o risco de serem flagrados pelo poderoso marido?". A trama resultou no livro *La señora del general*, publicado em meados da década de 60.

— Anos depois, já na época da ditadura, conheci a esposa de um militar que foi fundamental para a minha saída do país. Pelas fofocas da época, ela teria sido a minha amante. Não foi. Mais adiante vou te contar essa história dentro do devido contexto, mas o que quero te mostrar é que um enredo surgido em minha imaginação a partir de um sutil detalhe, anos depois, com algumas variações, se converteu numa história real em minha vida. Como se fosse fruto de alguma, digamos, premonição posteriormente confirmada. A história real não é idêntica à narrada no livro, mas possui muitas e surpreendentes coincidências.

Segundo Sebastián, quando surgiram os comentários de que estaria tendo um caso com a mulher do militar, leitores e jornalistas de literatura recorreram a *La señora del general* para encontrar as convergências entre a história do livro e as suposições. Foi a única vez que Sebastián foi a público fazer um desmentido. O Uruguai vivia a época da ditadura e essas insinuações poderiam colocar em risco a sua integridade física e a da mulher do militar. Por mais que tenha se empenhado no desmentido, a falsa versão sempre teve muitos adeptos.

— Eu não os culpo, pois as coincidências são várias.

— Muito estranho tudo isso que você me contou. Inexplicável mesmo — comentou Elvira, surpresa.

— Às vezes eu mesmo tenho dúvida sobre os limites entre a realidade e a ficção. Muitas histórias elaboro com tanta profundidade em minha mente, que também me parecem reais — disse Sebastián. — Deve ser alguma conspiração cósmica — concluiu, sem deixar transparecer se o comentário deveria ser levado ou não a sério.

Ao se despedirem, Elvira comentou que no dia seguinte gostaria de conversar sobre seu amigo Henrique Suárez e a época de seu autoexílio.

— O que acha? — perguntou, mais para que ele se preparasse emocionalmente do que para saber a sua opinião.

— Claro — concordou Sebastián.

Para surpresa de Elvira, na manhã seguinte Sebastián foi buscá-la no hotel junto com Rodolfo. Ele queria lhe mostrar alguns lugares do centro de Montevidéu antes de conversarem sobre Henrique Suárez.

— Vamos fazer um *tour* por alguns locais marcantes daquela época, assim você vai conseguir visualizar melhor a história que vou te contar — explicou Sebastián. O ideal seria que eles deixassem o carro em algum ponto e fizessem o roteiro a pé, mas o clima frio desestimulava caminhadas.

Começaram pela Plaza Independencia, no coração da cidade. Sebastián mostrou o Palacio Salvo, um dos mais conhecidos prédios de Montevidéu, que durante alguns anos ostentou a marca de edifício mais alto da América do Sul. Numa das laterais do térreo, que dava para a Plaza Independencia, no passado existira um café onde Sebastián e seus amigos, incluindo Henrique, claro, se reuniam todos os dias depois do almoço. Ali 'la barra', como ele chamava o grupo, iniciava as conversas que à noite se estenderiam por horas na casa de um deles ou em algum dos bares do centro frequentados pela boemia local.

— Já que estamos neste ponto central, vamos aproveitar para conhecer de longe o teatro Solis, a porta da Ciudad Vieja e o palácio do governo. Quando fizer calor vamos visitar esses lugares com calma — prometeu Rodolfo. De lá foram até a Plaza Cagancha, onde fica a sede da Suprema Corte de Justicia del Uruguay, e depois, seguindo pela Avenida 18 de Julio, principal via da cidade, passaram na frente da sede da prefeitura, localizada no imponente Palácio Municipal. Na calle Ejido, uma rua lateral, Sebastián mostrou um casarão antigo onde funcionara o escritório de advocacia que lhe deu o primeiro emprego.

— Era ali — apontou. Elvira fotografou com seu celular o imóvel decadente. Ainda pela Avenida 18 de Julio, rodaram mais algumas quadras até chegar à Faculdade de Direito, onde Sebastián estudara. Na 'calle' Colonia, uma rua paralela do outro lado da 18 de Julio, pararam o carro na frente de um estacionamento e Rodolfo desligou o motor.

— No lugar desse estacionamento, muitos anos atrás havia uma casa simples onde morava um conhecido nosso, membro do Partido Comunista. Durante a ditadura nos encontrávamos ali para falar de política, discutir o que poderíamos fazer para enfrentar os milicos e escrever documentos em que denunciávamos os crimes praticados pelo governo. Naquela casa Henrique foi preso, mas essa história vou te contar depois, porque é longa e merece ser narrada em detalhes.

Sebastián também comentou que depois da prisão de Henrique e de outros membros do grupo a casa foi demolida por ordem dos militares e o entulho ficou sem ser retirado por anos, para deixar claro que o regime não tolerava contestações. Só depois do fim da ditadura o terreno foi liberado para construção e os proprietários acharam prudente transformar o lugar em estacionamento.

Após esse rápido *tour*, foram à casa de Sebastián, onde Lucía os aguardava com um chimarrão e uma garrafa térmica. Elvira estava com tanto frio que aceitou compartilhar o mate com Sebastián, principalmente para esquentar as mãos na cuia.

— Que tal falar sobre a época da militância política, durante a ditadura? — sugeriu Elvira.

— Foi uma época que deixou muitas feridas, algumas não cicatrizadas, apesar de ter passado tanto tempo. Talvez tenhamos que dividir esta conversa em vários momentos, para que eu possa retomar o fôlego, mas vou te contar tudo.

Amigos inseparáveis desde a chegada de Sebastián a Montevidéu, ele e Henrique compartilhavam bares, algumas paixões femininas e as convicções políticas. Discordavam apenas no futebol – Sebastián era torcedor do Peñarol e Henrique do Nacional – e faziam desse tema uma interminável e animada discussão, cheia de ironias e provocações. Depois de se lembrar do apoio que o amigo lhe dera em seus primeiros tempos na capital e que já relatara a Elvira, foi direto para a época da ditadura. Comentou que havia sido um tempo muito difícil para quem se opunha aos militares. O Uruguai é um país pequeno e muito politizado.

— Aqui você pode conversar com qualquer pessoa, da mais simples à mais esclarecida, que todos terão uma opinião política muito bem fundamentada — disse.

Por essa razão, a mão da repressão havia sido muito pesada. Era difícil encontrar uma família que não tivesse ao menos um parente preso, investigado ou desaparecido.

Sebastián, Henrique e muitos outros intelectuais escolheram como principal trincheira o ambiente onde se sentiam mais à vontade: os botecos. Com a imposição do toque de recolher, nos anos mais duros da repressão, mudaram a estratégia. As reuniões tornaram-se cada vez mais perigosas e sempre havia alguém atento para delatar qualquer conversa suspeita e, com isso, ganhar pontos junto aos militares. Criaram, então, um grupo clandestino que tinha como principal objetivo denunciar no exterior os excessos e retrocessos promovidos pelo regime. Eles se encontravam naquela pequena casa da Rua Colonia. Para não chamarem muito a atenção dos vizinhos, chegavam em diferentes horários, um a um. Procuravam terminar as reuniões sempre antes do horário do toque de recolher. Algumas vezes não percebiam a hora e acabavam passando a noite juntos, acomodando-se cada um como podia para dormir.

Tinham uma rede de contatos em vários países formada por intelectuais, jornalistas, artistas, advogados e políticos. O grupo era integrado por, no máximo, duas dúzias de pessoas, mas os mais atuantes eram eles dois. Henrique, sempre muito objetivo e firme em suas colocações, era uma espécie de líder natural, enquanto Sebastián, por ser o mais conhecido, funcionava como interlocutor com o exterior.

A partir da articulação com simpatizantes estrangeiros, conseguiram que fosse divulgado simultaneamente em vários países da Europa um abaixo-assinado denunciando as atrocidades cometidas pelo regime militar uruguaio e defendendo a volta imediata à normalidade democrática. Embora não tivesse produzido qualquer resultado prático, a simples exposição da dramática situação uruguaia em países europeus foi festejada como uma importante vitória. Para os militares, em contrapartida, serviu de combustível para realizarem o que mais lhes dava gosto: perseguir opositores e eliminar quem ousasse contestar o regime.

Sem muito esforço – "somos um país pequeno, todos nos conhecemos" – prontamente identificaram os dois como mentores do movimento que procurava, no dizer dos militares, depreciar a imagem da nação perante o mundo. Tratava-se, portanto, de um crime contra o Uruguai – ou contra a pátria, como gostavam de enfatizar os generais – e não apenas uma afronta aos governantes. Uma conspiração que deveria ser enfrentada com rigor e punida com severidade exemplar.

Poucos dias depois da divulgação do manifesto, os dois foram intimados a se apresentar perante autoridades militares. O oficial que conduziu os interrogatórios – foram ouvidos separadamente – se mostrou contundente, mas educado.

— Ele queria saber se admitíamos ser os mentores do abaixo-assinado e quem mais havia participado da mobilização, dentro e fora do país. Como havíamos combinado previamente, mantivemos a versão de que se tratava de uma iniciativa espontânea e que também nós havíamos ficado surpresos com a repercussão — contou Sebastián.

Em comparação com os interrogatórios de que tinham notícias, a experiência não chegou a ser dura como esperavam. O escrivão redigiu os depoimentos, cada um leu o seu e ambos assinaram, procurando não deixar transparecer o alívio por terem sido dispensados sem qualquer dano físico.

Decidiram voltar a pé até o escritório de Henrique. Caminhar lhes permitiria relaxar e também refletir sobre o que haviam passado. Sebastián, sempre propenso a ilusões, considerou positivo existirem militares de alta patente com esse grau de civilidade, que respeitavam os direitos individuais. Para ele, dali em diante deveriam ter mais cuidado com as articulações e, principalmente, evitar abrir demais o grupo. Henrique, mais pragmático e realista, tinha uma interpretação diferente. Os militares haviam deixado claro que tinham conhecimento absoluto das conversas com interlocutores do exterior, mostraram que podiam intimá-los à hora que quisessem e, principalmente, haviam cumprido o rito de terem dado aos suspeitos o direito de reconhecerem seus "crimes" e interromperem as "ações subversivas". Henrique não tinha dúvida de que se tratava de uma advertência. "Meu amigo, da próxima vez estamos fodidos", previu.

Os prognósticos de Henrique se confirmaram em pouco tempo. Menos de uma semana depois dos interrogatórios, quando um pequeno grupo estava reunido para discutir quais poderiam ser os próximos passos, a casa da Rua Colonia foi invadida por soldados. Entraram fazendo barulho, foram direto até onde estava Henrique e o levaram arrastado pelos braços. O militar que parecia comandar a operação apenas comentou que tinham provas de que ele era o líder de uma célula terrorista. Foi tudo muito rápido, tumultuado, violento. Sebastián nunca mais esqueceu a expressão do amigo ao ser retirado à força. Num breve olhar, que durou não mais que poucos segundos, Sebastián percebeu o temor de Henrique e teve o incômodo pressentimento de que não voltaria a vê-lo.

— Minha obsessão passou a ser salvar a vida dele — contou Sebastián.

Foi atrás de qualquer pessoa que de alguma forma pudesse ajudar. Por indicação de um empresário influente, que havia conhecido na época em que trabalhara na imprensa, conseguiu ser recebido por um militar de alta patente. Depois de ouvir seus lamentos e súplicas para que garantisse a vida do amigo, ouviu um conselho que o deixou ainda mais temeroso.

— Senhor Sebastián, seu amigo está nas mãos do serviço de inteligência e nem mesmo eu posso interferir no trabalho deles. Mas se aceita um conselho, tomaria muito cuidado com a sua própria integridade. Os métodos desse pessoal são muito persuasivos e todos sabemos da relação entre vocês dois. Pode ser que surja alguma suspeita que também o incrimine. Já pensou em sair do país?

Sebastián deixou a unidade esgotado, derrotado. A conversa o convencera de que Henrique dificilmente sairia do presídio com vida e certamente aquele general tinha informações de que ele poderia ser uma das próximas vítimas do regime. Jamais lhe ocorrera deixar o país, apesar de seu profundo desgosto com a situação política. Poucos dias depois, quando recebeu a notícia da morte de Henrique no presídio – por um suicídio que ele sabia forjado –, passou a considerar seriamente a possibilidade de se mudar para o exterior.

— O enterro de Henrique foi o momento mais triste

da minha vida. Sem querer ser dramático, uma parte minha — a melhor parte — também havia morrido. Fiz questão de segurar uma das alças do caixão. Os militares tentaram me convencer a ficar longe. Não queriam que o enterro tivesse repercussão no exterior. Mas eu insisti, decidi correr o risco, porque assim eu deixava claro que a nossa luta não se dobraria ao medo, à violência, à ignorância.

Aquelas lembranças haviam mexido muito com ele. Colocou suavemente a mão sobre a de Elvira, sugerindo que interrompesse a gravação. Permaneceram em silêncio por um bom tempo, unidos pelas lembranças de Sebastián e pelo calor das mãos sobrepostas.

— Elvira, vamos continuar amanhã? — propôs Sebastián.

Chegando ao hotel, Elvira se conectou com Ernesto.

Ela contou que haviam entrado no tema do Henrique e que sentiu Sebastián bem abalado com as lembranças. Comentou, de passagem, sobre a caminhada de braços dados pelo Parque Rodó.

— Ernesto, meu pai sempre conta sobre os anos de chumbo da ditadura no Brasil, mas nunca ouvi um relato tão forte sobre a crueldade desses regimes — disse Elvira.

— 'Bueno', querida. Não vamos perder tempo com esses detalhes. Sobre isso prefiro ler depois nos teus originais. O ponto aqui foi esse contato físico que vocês tiveram. Sobre isso, sim, quero saber tudo. Quanto tempo durou? O que você sentiu?

Elvira ainda tentou relevar aquela situação – foi puro cavalheirismo dele, argumentou –, mas Ernesto não permitiu.

— Elvira, mesmo que não tenha sido um gesto planejado, ele jamais perderia a oportunidade de envolver uma mulher, ainda mais bonita e jovem, em seus jogos de sedução.

— Sou uma jornalista contratada para escrever uma biografia e ... — começou a responder, imaginando ser esse um bom argumento, mas seu amigo argentino a interrompeu:

— Tchau, querida, estou ocupado fazendo palavras cruzadas. Não posso perder tempo com conversas bobinhas.

E desconectou.

Ela ficou por um bom tempo olhando na direção da tela do computador. Queria lembrar das partes mais fortes do relato de Sebastián sobre a época da ditadura, mas seu pensamento concentrava-se apenas na mão repousando sobre a dela. Sem perceber, reconectou o Skype e chamou novamente o Ernesto.

— Você acha que teve alguma segunda intenção?

— Segunda não, tola, primeira — respondeu o amigo.

— Estou falando sério. Não faz o menor sentido — refutou Elvira.

— Para mim faz todo sentido. E seu eu estivesse em teu lugar, não lavaria o braço pelo resto da vida.

Desta vez foi Elvira quem preferiu encerrar a conversa. Despediu-se do Ernesto explicando que precisava se preparar, pois os quatro iriam jantar juntos.

— Tchau, querido. Amanhã voltamos a falar — encerrou Elvira.

— 'Adiós', querida. Tenha lindos sonhos — respondeu Ernesto.

Elvira riu com aquela frase de despedida pouco usual. Mal sabia que se tratava de uma premonição. Como aconteceria com frequência, Sebastián passou a marcar presença em seus sonhos. Às vezes era um Sebastián jovem, como o que vira em fotos, outras era ele nos dias atuais. Eram tão reais, que chegava a sentir a fragrância da colônia usada por ele e, muitas vezes, o calor de sua mão e a sensação da sua presença. Decidiu que jamais revelaria a Ernesto esses sonhos. "Ele é capaz de contar a Lucía que meu inconsciente havia sido seduzido pelo tio dela", pensou. Esboçou um sorriso, mas em seguida ficou séria e balançou a cabeça, como se quisesse afastar para longe esse pensamento.

— Por que você escolheu a Espanha para se exilar? — perguntou Elvira ao iniciar a nova bateria de perguntas.

— Porque amo as palavras em espanhol que terminam com a letra 'd', como Madrid — respondeu Sebastián.

Elvira sorriu, mas Sebastián se manteve sério. E começou a relacionar uma série de palavras terminadas com 'd': 'verdad, dignidad, amistad'...

— Em português Madri não tem 'd' no final — disse Elvira, quase se desculpando.

— Sério? Sem o 'd' Madrid perde todo o seu charme — comentou Sebastián, mostrando-se inconformado.

— As palavras terminadas com 'd' são fortes, com personalidade. E talvez essa seja a maior diferença entre o espanhol e o português. Como vocês dizem 'libertad'?

— Liberdade — respondeu Elvira.

— Você vê a diferença? Liberdade termina de uma forma decrescente, como se desanimasse aos poucos. Imagina uma manifestação na rua e o povo gritando: liberdade, liberdade. Parece que ao final de pronunciarem a palavra as pessoas já desistiram da luta. Mas quando as manifestações são em espanhol e as pessoas clamam por 'libertad', a conversa é séria. É uma palavra oxítona; termina com energia. O lema do Uruguai é 'Libertad o muerte'. Poderoso, não? Ninguém duvida que daremos a nossa vida para garantir a liberdade. Por isso, quando decidi sair do Uruguai escolhi uma cidade cujo nome termina com a letra 'd' para recomeçar minha vida e retomar as minhas lutas com a mesma energia das palavras oxítonas.

Elvira estava confusa. Nunca imaginou que alguém escolheria seu exílio pelo nome da cidade e muito menos por um detalhe tão subjetivo. Por uma fração de segundo imaginou-se escrevendo essa história na biografia e temeu que as pessoas não a levassem a sério. Mas estava tudo gravado. Seu pensamento foi interrompido por uma estridente gargalhada.

— É tudo mentira? — perguntou Elvira, entre hesitante e irritada.

— Sempre fui fascinado por palavras terminadas com 'd' e confesso que adoro quando uma mulher *madrileña* pronuncia o nome da cidade destacando esse 'd' final com a língua apoiada nos dentes da frente. Quando morava lá, tinha o hábito de perguntar para as mulheres onde haviam nascido só para ouvi-las dizer 'Madrid'. Mas não me exilei lá por causa disso, ou melhor, não só por causa disso. Escolhi por três razões: o idioma, pois sou um monoglota convicto; a abertura do governo espanhol aos cidadãos uruguaios e, principalmente, porque minha querida amiga Laura Lima morava lá e me ofereceu casa, comida e afeto.

Elvira pediu que ele relatasse em detalhes sua saída do Uruguai e o período em que se autoexilou na Espanha. Havia vários pontos dessa época envolvidos em mistério e que na biografia caberia esclarecer.

Com a morte de seu amigo Henrique, Sebastián começou a temer a possibilidade de ser ele o próximo a ser preso. Contava a seu favor o reconhecimento que gozava no exterior e a grande rede de intelectuais de outros países com quem mantinha contato. Sabia que se alguma coisa lhe acontecesse a repercussão seria enorme. Entretanto, não podia desconsiderar a prepotência e a agressividade dos militares no comando, que pareciam não se sensibilizar com manifestações vindas de fora contra as arbitrariedades cometidas ali. Resolveu, então, começar a planejar sua saída.

Laura Lima, com quem iniciara-se nos caminhos da sedução e com o tempo construiria uma amizade de toda a vida, foi a principal articuladora e incentivadora da escolha ter recaído sobre a Espanha. Muito bem relacionada em Madri, que naqueles anos pós-franquismo vivia uma época de resgate dos valores democráticos, ela prontamente conseguiu o visto para que Sebastián fosse recebido como exilado político. A principal dificuldade, entretanto, seria deixar o Uruguai sem que os militares se sentissem desafiados em sua autoridade. Ao mesmo tempo, não aceitava aparentar que estava fugindo do país por medo. Queria fazer de sua saída um gesto político, mas o clima interno não era propenso a atitudes heroicas.

Resolveu, então, procurar uma saída negociada, dentro do estreito limite do que era possível negociar com militares truculentos, contrários, por princípio, a qualquer manifestação de erudição e com aversão natural a intelectuais. Lembrou-se de que, anos antes, em suas rodas literárias, havia conhecido a esposa de um militar. Uma mulher elegante, discreta e interessada em literatura, como já havia comentado com Elvira. Ele só descobriu depois de muito tempo o parentesco quando associou seu sobrenome ao de um oficial que dava entrevista na televisão e que expressava, em nome das Forças Armadas, a preocupação com o crescimento da

Frente Ampla. Quando a encontrou alguns dias depois, Sebastián comentou ter visto alguém com seu sobrenome sendo entrevistado.

— É meu marido — respondeu ela, secamente, deixando claro que não queria dar sequência àquela conversa.

Tempo depois, já com os militares no poder, passou a ver com frequência o marido dessa conhecida sendo entrevistado. Era o porta-voz da área de inteligência do Exército e provavelmente um dos militares que melhor conseguia se expressar. Sebastián os odiava por princípio, mas reconhecia nele certo refinamento e, até, uma ponta de carisma, o que lhe dava muita credibilidade.

Resolveu telefonar à conhecida para lhe pedir que intermediasse uma conversa com o marido. Por ingenuidade, desconhecia que seu telefone estava grampeado e sua fama de conquistador logo provocou reações negativas dentro das Forças Armadas e o surgimento de boatos de que os dois teriam um relacionamento. O marido, entretanto, sabia dos encontros literários e não deu importância aos comentários. Também ele gostaria de se encontrar com Sebastián, que começava a ficar incômodo para os governantes. O ideal, pensava o militar – ignorando que também era esse o pensamento do escritor – seria que ele deixasse o país por vontade própria. Por isso, quando se encontraram, logo chegaram a um acordo. Ele poderia sair do Uruguai com duas condições: que essa saída ocorresse logo e que nesse meio-tempo não fizesse qualquer movimentação política ou crítica ao governo. Sebastián aceitou, pois tinha consciência de sua estreita margem de negociação. O militar sabia que não poderia impor qualquer comportamento a ele no exterior, pois era da natureza dos exilados aumentarem seus protestos quando estavam fora do país, ainda mais tratando-se de um escritor conhecido internacionalmente. Por isso, ficou satisfeito de ter conseguido impor silêncio enquanto ainda estivesse em terras 'orientales'.

Marcaram a viagem para dali a duas semanas. Quando a notícia do autoexílio começou a circular, cartas anônimas foram enviadas aos jornais qualificando Sebastián como traidor. Os signatários diziam ser de um grupo de oposição dissidente dos Tupamaros e que pretendia iniciar uma guerra sem quartéis contra os militares. E a partir dessa atitude "covarde" de Sebastián, também ele passara a ser considerado "inimigo do povo". Para Sebastián e seus amigos mais próximos esse documento não fazia qualquer sentido. Todos na oposição concordavam que ele seria muito mais útil fora do país do que permanecendo no Uruguai, com o risco de também ser "suicidado" pelo regime. Não demoraram a concluir que, na realidade, aquelas ameaças pretendiam preparar o terreno para que ele fosse atacado por grupos ligados aos próprios militares, fazendo com que a autoria recaísse sobre um desconhecido – e inexistente – grupo de oposição.

Em novo telefonema à mulher do militar, Sebastián solicitou que marcassem outra conversa para expor ao militar essa preocupação. Para sua surpresa, ela contou que também seu marido tinha essa suspeita e que não concordava com a trama.

— Devo acreditar que existe ao menos um militar com um resquício de humanidade neste país? — indagou Sebastián à esposa do general.

— Não chamaria de humanidade, mas de pragmatismo — respondeu a mulher.

E disse que na opinião de seu marido se ele fosse assassinado haveria uma enorme repercussão internacional e a responsabilidade recairia fatalmente sobre os militares, pois a estratégia da ameaça anônima era tremendamente infantil.

O próprio marido se encarregou de articular uma saída que garantisse a Sebastián deixar o país em segurança, mas que não expusesse os militares que haviam preparado aquela ingênua armadilha. Sebastián seria acompanhado por militares de alta patente, inclusive ele, até dentro do avião, a pretexto de impedir que fizesse de sua partida um ato político. Amigos de Sebastián desconheciam os reais motivos daquela escolha e resolveram que também o acompanhariam até o aeroporto de Carrasco. Quando ele deixou sua casa rumo ao aeroporto, formou-se uma longa fila de veículos. Sebastián não aceitou carona no veículo dos militares e foi no carro de um amigo. Atrás deles, como se fosse um féretro, vinham os militares e, em seguida, dezenas de veículos de amigos, simpatizantes e jornalistas.

— Pensei que poderia estar olhando para aquelas ruas de Montevidéu pela última vez e chorei durante todo o trajeto — contou Sebastián. — Com que direito aqueles militares tinham se apoderado do meu país e eliminado ou expulsado cidadãos que tanto amavam o Uruguai?

O marido militar subiu as escadas do avião e o acompanhou até a poltrona. Ao se despedirem, Sebastián notou nele – talvez iludido pela vontade de acreditar que ainda existia um mínimo de civilidade nos homens de farda – um ar de constrangimento. Eles se apertaram as mãos e o militar comentou, em voz baixa:

— Assim é melhor para todos.

Viajar para o Velho Mundo sempre é enriquecedor, mas não poder voltar ao Uruguai quando bem entendesse lhe dava uma angústia permanente. Assim mesmo, aqueles anos lhe proporcionaram experiências que marcariam a sua vida. Na Espanha foi acolhido solidariamente pelo mundo cultural, que até poucos anos antes experimentara na pele a mão cruel do regime de Franco. Ficou íntimo, por exemplo, de Joan Manuel Serrat, Joaquín Sabina, Almodóvar, e de muitos outros artistas que admirava e, para sua surpresa, muitos também conheciam a sua obra.

Passou a ser convidado para saraus onde os intelectuais mais respeitados se reuniam. No começo, um tanto deslumbrado com esse ambiente e envaidecido por ser reconhecido, compareceu a vários desses encontros. Com o tempo, sua aversão a qualquer tipo de ostentação, inclusive – e talvez principalmente – a intelectual, o fez ser extremamente seletivo ao receber esses convites. Preferiu descobrir os lugares frequentados pela boemia madrilenha, onde, no lugar de interpretar canções e declamar poesias, discutia-se futebol, contava-se histórias picantes e flertava-se muito. Não demorou para aflorar seu lado sedutor. E da mesma forma que se encantava quando uma mulher pronunciava "Madrid", também era solicitado por elas a dizer algumas palavras pronunciadas de um jeito 'criollo' nos países platinos. 'Yo, ella, playa e uruguayo' – com os "y" e "ll" ditos quase como um "g" – estavam entre as mais requisitadas.

Foi também nessa época que Sebastián conheceu um casal brasileiro, progressista. Ele era um empresário que apoiava com recursos e estrutura exilados latino-americanos, principalmente vindos do Brasil. Sua amiga Laura Lima os aproximou.

— Este é meu primeiro grande amor. Talvez o único. Deixou nosso Uruguai porque os milicos descobriram que estava insuflando intelectuais de outros países a denunciarem a ditadura. Dizem as más línguas que um militar de alta patente ficou irritado com as insinuações de que Sebastián teria um caso com a mulher dele e o forçou a deixar o país. Mas garanto que não foi isso, apesar de não duvidar que ele possa ter tido um caso com essa mulher. Além de ótimo escritor, ele é um perigoso conquistador — discorreu Laura ao apresentá-lo.

— Não deixa de ser um resumo interessante sobre a minha pessoa, mas há muita fantasia nessas intrigas, que minha querida Laura sabe serem inventadas — limitou-se a se defender, um tanto constrangido.

A empatia entre eles foi imediata. Passaram a se encontrar com frequência, a conversar sobre a situação política nos dois países e a imaginar como poderiam agir para que as informações sobre arbitrariedades cometidas no Brasil e no Uruguai fossem difundidas para grupos de simpatizantes da Europa. Criaram um pequeno boletim em que publicavam notícias recebidas de opositores dos dois países e análises sobre a situação política naquele distante canto do mundo. Em pouco tempo, argentinos e chilenos também passaram a mandar informações e artigos. As quatro páginas iniciais logo se transformaram em 12, 16, 20. E de boletim, passou a ser um tabloide. Os textos eram escritos em português e espanhol. Laura e Sebastián se encarregavam de escrever e revisar os textos em espanhol, a mulher do empresário os traduzia ao português e o empresário bancava todos os custos.

— Você ainda tem contato com esse casal brasileiro? — perguntou Elvira.

— Soube que ele morreu há alguns anos. Ela, não a vi mais, desde que saí da Espanha — respondeu Sebastián.

O silêncio que se seguiu a essa frase intrigou Elvira. A eloquência com que Sebastián contara aqueles tempos de Espanha foi interrompida. Elvira achou que ele havia perdido o rumo da conversa com a sua pergunta.

— Desculpa ter te interrompido, Sebastián. Você pode continuar contando sobre essa publicação?

— Elvira, vamos fazer uma pausa? Não foi você quem me interrompeu. Meus pensamentos é que desviaram de rota e preciso trazê-los de volta. Gostaria de ficar sozinho por alguns minutos e em seguida retomamos.

Elvira o deixou no escritório e foi até a sala, onde encontrou Lucía.

— Já terminaram?

— Não. Sebastián estava contando sobre um casal de brasileiros que conheceu na Espanha e quando perguntei se ainda tinha contato com eles aparentemente seu pensamento se perdeu. Pediu que o deixasse um tempo sozinho — disse Elvira.

Lucía também ficou em silêncio, pensativa. Arregalou os olhos, deu uns goles no mate e disse que talvez fosse melhor retomarem a entrevista no dia seguinte. Elvira notou que Lucía havia ficado incomodada. Normalmente era assertiva, transparente, sem meias-palavras. Dessa vez, porém, parecia querer desviar o foco.

— Elvira, vou perguntar a meu tio se prefere continuar amanhã, tudo bem?

— Claro, sem problema. Mas antes me explica o que há por trás desse assunto? — disse, quase em tom de súplica.

Lucía limitou-se a estender a mão aberta – no gesto de quem pede um tempo – e entrou no escritório do tio. Ficou ali bem mais tempo do que o necessário para uma pergunta simples. Ao sair, já recomposta e com seu habitual sorriso afetivo, convidou Elvira a voltar para o escritório de Sebastián.

— Ele prefere continuar hoje, disse.

— Prometi que não te esconderia nada e vou cumprir, claro. Mas vou te contar um episódio e precisamos depois pensar se convém ou não incluir no livro. Vamos decidir isso juntos. Ok? — disse Sebastián ao retomarem a entrevista.

Contou que o trabalho de produzir aquele tabloide fez com que ele se aproximasse muito da mulher do empresário. Os dois passavam horas juntos lendo os textos e selecionando quais seriam publicados. Ela era mais charmosa que bonita, mas Sebastián se esforçava para pensar nela apenas como uma "companheira de luta" e não como mulher. Tinha um grande apreço pelo empresário e não queria que qualquer escorregão colocasse em risco a amizade com o casal e a luta que travavam os quatro juntos.

Coube a Laura, mais uma vez, alertá-lo para uma realidade da qual procurava se esquivar.

— Sebastián, tenta se esforçar para não ficar hipnotizado ao olhar para a bunda dela quando está de costas. Qualquer dia o marido te flagra — provocou Laura.

— Laura, não se preocupe. Já decidi que não há qualquer chance de acontecer alguma coisa entre nós. Mas só para te esclarecer, não é a bunda que me hipnotiza. São as costas — explicou.

Era verão em Madri e a brasileira usava umas blusas que deixavam boa parte do dorso à vista. Por mais que se esforçasse, Sebastián não conseguia desviar o olhar. Laura conhecia as reações do amigo como ninguém e interpretava seus gestos com precisão. Hipnotizar era, sem dúvida, o verbo mais preciso para definir o estado absorto de Sebastián.

— As costas? — perguntou Elvira, surpresa.

— Sim. Não sei bem explicar, mas nunca havia visto umas costas tão atraentes — respondeu. Eram firmes, sem serem musculosas. A pele bronzeada contrastava com as marcas deixadas pela alça do biquíni. As escápulas eram levemente salientes e a depressão que acompanha a coluna era harmoniosa. Mais de uma vez ele se imaginou, sem querer, massageando aquelas costas e desvendando a parte inferior, que, tinha certeza, abrigaria duas discretas covinhas.

Ele estava determinado a conter qualquer ímpeto de aproximação, mas um dia, quando apreciava discretamente o andar da brasileira se afastando, ela repentinamente se voltou e flagrou aquele olhar de indisfarçável desejo. Imediatamente abaixou os olhos, constrangido. Mas ao contrário do que supunha, ela reagiu com um sorriso cúmplice. Sebastián teria preferido que fosse um olhar de reprovação, porque assim cortaria pela raiz qualquer tentação, evitando previsíveis transtornos.

Aquele discreto riso despertou com fervor o lado conquistador de Sebastián e, aos poucos, foi removendo as barreiras do bom senso, da culpa e da prudência. Não foi difícil criar uma estratégia de aproximação. Os dois passavam muito tempo juntos e a sós. Ao final do trabalho, era frequente tomarem vinho para relaxar. Certo dia, Sebastián serviu apenas uma taça e propôs que a compartilhassem, assim um saberia dos segredos do outro. Ela bebeu primeiro.

— Conta um segredo teu — desafiou Sebastián.

Ela comentou que o vinho a aquecia externa e internamente. Quando foi a vez de Sebastián fazer a sua revelação, foi direto ao ponto:

— Passaria um dia inteiro massageando as tuas costas.

— Que tal começar agora? — sugeriu a brasileira, desvestindo a blusa e deitando-se de bruços no sofá. Sebastián, claro, procurou de imediato o final das costas dela e observou, deleitado, as duas covinhas que imaginara. O desejo entre os dois explodiu com intensidade. Passavam o tempo todo arquitetando planos para ficarem a sós. Laura, que conhecia muito bem seu conterrâneo e logo compreendeu o que ocorria, ofereceu-se para ajudá-los a encobrir o relacionamento, não sem antes advertir seu amigo sobre os riscos que estava correndo. Mas também ela era uma adepta incondicional de dar vazão aos desejos.

Foi de Laura a sugestão para frequentarem o hotel de um conhecido, localizado em um bairro distante de onde eles moravam e trabalhavam. Ela garantiu que era um lugar seguro, o dono era discreto e lhe devia vários favores. Por prudência, os aconselhou a se registrarem com nomes falsos.

Quando o empresário brasileiro precisou viajar ao Brasil por duas semanas para cuidar dos negócios, Sebastián e a brasileira praticamente se mudaram para o hotel e de lá editavam o tabloide. No final da tarde ela ia para a sua casa, pois nesse horário o marido costumava telefonar. E depois de cumprir com esse compromisso diário, voltava depressa para o hotel.

— Foram dias muito intensos — disse Sebastián.

O relato havia consumido suas energias.

— Que tal se pararmos por hoje? Amanhã voltamos a conversar e prometo não esconder nenhum detalhe.

Elvira voltou ao hotel. Queria falar logo com Ernesto, contar tudo o que havia escutado e saber dele se tinha mais informações sobre esse relacionamento. Antes de conectar o Skype, quis observar as próprias costas. Tirou a roupa e ficou só de calcinha, virando o dorso para o espelho e, fazendo malabarismo com o braço, conseguiu se fotografar. Nunca tinha se visto por esse ângulo. "Será que as minhas costas também são sedutoras?", pensou. Foi ampliando a imagem e notou que tinha duas covinhas no final da coluna. Lembrou-se de que Rafael já havia elogiado sua bunda, não muito grande, mas firme e com contorno arredondado. Várias vezes ele havia deitado ao seu lado e acariciado por alguns minutos suas nádegas, mas nunca falara sobre suas costas. Aliás, para ela era novidade um homem se sentir atraído por essa parte do corpo. Gostaria de ter uma foto da mulher do empresário para entender o que significava para Sebastián ter costas sedutoras. "Será que minhas costas fazem o tipo dele?", pensou, rindo.

— 'Hola', Ernesto.

— 'Hola, niña', como andam as conversas?

De cara Elvira perguntou se ele sabia de algum relacionamento entre Sebastián e uma mulher brasileira. Ernesto silenciou, procurando encontrar algum registro em sua memória, mas não conseguiu. Sabia que durante seus anos em Madri havia se aproximado de um casal brasileiro, rico, mas não tinha muitos detalhes. Como também na Argentina os militares estavam no poder e impunham uma censura rigorosa, pouca coisa a respeito dessa amizade chegou ao conhecimento público. Ernesto se surpreendeu, inclusive, quando Elvira comentou sobre a publicação que eles produziram juntos. Ela tentou não estender a conversa sobre a relação de Sebastián com a brasileira. Queria conversar principalmente a respeito da amizade dele com Henrique e o período de exílio, mas a essa altura a curiosidade de Ernesto já havia sido despertada.

— Me conta, Vira. Ele foi amante de uma brasileira?

— Ainda não entendi bem. Quando ficar mais claro do que se trata eu te conto — esquivou-se.

— Não se esqueça de que sou teu curador. Você não deve esconder nada de mim.

— Claro. Aliás, você se lembra de algum personagem nos livros dele que tenha atração pelas costas de mulheres? — quis saber Elvira.

— Não é um detalhe que eu tenha registrado, mas vou pesquisar — respondeu Ernesto. A essa altura ele já havia notado que sua amiga tinha alguma informação que não queria revelar. E, como era característica sua, as informações reservadas eram as que mais despertavam seu interesse. Por isso, insistiu:

— Vira, quero saber tudo o que conversaram. Se for para escolher o que vai me contar ou não, abro mão do meu papel de curador neste exato momento — ameaçou.

Elvira decidiu falar, mas com a condição de que essa história ficasse só entre eles. Até porque era possível que não entrasse na biografia. Depois de escutar todo o relato, Ernesto levantou uma suposição que fazia sentido.

— Querida jornalista, não te ocorreu que essa mulher possa ser a leitora da tua revista que escreveu aquele bilhete misterioso quando saiu a reportagem sobre Sebastián? Qual é o nome da mulher do empresário?

— Não sei. Ele se referia a ela somente como "a brasileira". Achei indelicado perguntar o nome. Além disso, fiquei tão envolvida com o relato, que praticamente não o interrompi em nenhum momento.

— Ai, minha santa dos ingênuos incorrigíveis, você está fazendo a biografia do Sebastián, o que te dá o direito de perguntar o que quiser. Se ele achar melhor não responder ou se depois concluírem não publicar algum detalhe, é outro problema. Mas você tem o direito e o dever de perguntar tudo — disse Ernesto.

Elvira concordou. Uma certa falta de perspicácia para fazer ilações e o excesso de respeito pelo biografado poderiam atrapalhar seu trabalho. Ernesto, ao contrário, tinha por hábito invadir limites da privacidade e, rapidamente, fez as conexões corretas:

— E a tal brasileira tinha as costas mais sensuais que ele jamais vira. Acertei?

— Isso mesmo. Você é muito esperto, Ernesto.

— Sou apenas um ser humano atento e também movido pelo desejo. Enquanto você procura o tempo todo anular as próprias vontades. Aliás, se eu fosse você, quando ele comentou sobre a atração que sentiu por aquelas costas da brasileira, teria tirado a blusa e perguntado: "Minhas costas também são sensuais?". Concordo que não seria muito profissional, mas assim você teria a opinião mais credenciada possível sobre teu cândido dorso — brincou.

Ela riu. Até gostaria de saber o que Sebastián acharia se visse suas costas, mas, claro, não disse nada ao amigo. Ernesto, como se tivesse notado esse pensamento oculto, propôs:

— Mulheres não são a minha especialidade, mas mostra as tuas costas. Eu vou tentar me colocar no lugar de um macho alfa para ver se você é atraente por esse outro ângulo.

Ela virou deu as costas para a câmara, tirou a blusa e se expos para o amigo. Achou a situação um tanto ridícula — nunca imaginara exibindo-se assim, ainda mais para um gay – mas não se sentiu envergonhada.

— Olha Vira, realmente essa não é a minha especialidade, mas fiquei surpreso com as tuas formas. Imagino que deva aguçar a libidinosa imaginação de Sebastián — comentou Ernesto.

Elvira vestiu a blusa e voltou a ficar de frente para Ernesto.

— Você diz isso porque é meu amigo.

— É a mais pura verdade, Elvira. Se fosse você — e lamento de verdade não estar no teu lugar — amanhã mesmo daria um jeito de mostrar as tuas costas, sutilmente, claro. Só para ver a reação dele.

Elvira sorriu, mas interiormente não descartou o conselho de Ernesto. Despediu-se do amigo prometendo voltar a chamar no dia seguinte, quando Sebastián já teria contado o restante da história com a brasileira. Ao final da conversa, anotou em seu bloco: "Perguntar o nome da brasileira". Buscou em sua pasta a carta que a misteriosa "K" havia enviado à redação e releu a mensagem:

"(...) ele foi meu sonho e minha ruína. Que arda no fogo do inferno. E que me leve junto". Assinado "K".

Decidiu que no dia seguinte escutaria a história até o fim antes de mostrar o bilhete. Se os dois haviam tido uma relação tão forte, aquelas palavras só faziam sentido se a história tivesse acabado mal. Abriu uma garrafa de vinho, deitou e ficou olhando no celular a foto que tirara de costas. Quando o álcool começou a fazer efeito, resolveu mandar a foto para Rafael com uma breve legenda: "Você me acha sensual por este ângulo?". Ele ligou em seguida.

— Você é sensual por todos os ângulos, disse Rafael, sem entender bem aquele gesto da namorada. E emendou:
— Manda outras fotos.

Elvira foi tirando e enviando fotos de cada detalhe de seu corpo: os seios, o umbigo, os pés... E os dois começaram a trocar frases cada vez mais apimentadas. Elvira, excitada pelo vinho e pelas palavras do namorado, começou a se acariciar, sua respiração foi ficando cada vez mais ofegante e pediu:

— Não para de falar, Sebastián — sem perceber o engano, até ser interrompida por Rafael, rindo:

— Elvira, acho que você mandou a foto para o celular errado. Aqui é o Rafa, não Sebastián.

Ela não entendeu o comentário.

— Para de ser tonto, Rafa.

Quando ele contou sobre o lapso, Elvira também riu. Explicou que, como passava o dia conversando com Sebastián ou lendo a respeito dele, o nome ficara gravado em sua memória. Os dois concordaram que seria essa a razão da troca, mas aquele momento de tesão havia passado. Conversaram, então, sobre o que cada um havia feito durante o dia, ela contou sobre o andamento das conversas e combinaram que quando ela voltasse a São Paulo iriam passar um final de semana no litoral norte.

Depois de se despedirem, Elvira sentiu-se muito confusa, a ponto de perder o sono. Seu pensamento ficou vagando na escuridão do quarto, sem rumo. Numa dessas divagações, viu-se de costas, deitada, enquanto o Sebastián do exílio massageava seus ombros, acariciava suas costas e beijava as suas covinhas. Foi um pensamento tão real e intenso que até lhe pareceu sentir na pele o toque das mãos de Sebastián. Fechou os olhos e passou a se acariciar no mesmo compasso com que aquelas ilusórias mãos passeavam por suas costas nuas. "Não para, Sebastián", suplicou, talvez em pensamento, talvez de viva voz, agora com certeza de que seu pedido era endereçado ao homem certo. "Não para, Sebastián..."

No dia seguinte acordou cedo, ainda confusa. Para alguém tão racional e controlada como ela, era difícil processar aquelas sensações. Haviam combinado de se encontrar na casa de Sebastián na hora do almoço. Comeriam todos juntos e à tarde teriam mais algumas horas de entrevista. Ela estava decidida a conhecer toda a história da relação entre ele e a mulher do empresário brasileiro, inclusive desvendar se ela seria mesmo a ressentida "K".

Para tentar colocar suas ideias em ordem, resolveu passear pelo Parque Rodó antes de ir à casa de Sebastián. Queria repassar algumas informações, organizar as perguntas e, principalmente, se livrar daqueles pensamentos que a visitaram na noite anterior. Pensou em pedir ajuda a seu amigo argentino para entender melhor o que estava acontecendo, mas certamente ouviria que se tratava de um caso típico de desejo em incontrolável erupção e que somente poderia ser tratado com a entrega completa e destemida ao jogo do prazer. "Querida, você sucumbiu aos irresistíveis encantos de Sebastián, como muitas outras pessoas já sucumbimos. A diferença é que você pode realizar esses desejos, enquanto 'nosotros' precisamos nos contentar em nos satisfazermos em pensamento", imaginou o amigo respondendo, quase escutando seu provocador jeito portenho de falar.

No Parque Rodó caminhou por uma parte que ainda não conhecia. Era um gramado bem aparado, numa depressão que terminava num lago. Como estava menos frio do que nos dias anteriores, pensou em ficar descalça e caminhar até a água, mas uma placa advertia: *Nó pise en el cesped*. Já havia lido essa mensagem em diversos outros gramados e nunca atentara para a suavidade da palavra 'cesped'. Realmente, pensou, as palavras terminadas em 'd' têm um encanto especial, uma sonoridade deliciosa. Se "não pise na grama" era uma frase autoritária, ameaçadora, *nó pise en el cesped* parecia mais um convite. Sorriu ao perceber que estava se deixando influenciar pelos devaneios de Sebastián. Na faculdade de Letras, uma de suas disciplinas prediletas havia sido Etimologia. Gostava de conhecer a origem das palavras, suas transformações. Nada parecido com esses delírios de Sebastián sobre o sentido subliminar delas; não pelo que significam, mas por sua sonoridade. "Esse senhor é muito louco", pensou, jocosa. Apesar de considerar esse comportamento de seu biografado um tanto exótico, decidiu que, tão logo acabasse de escrever a biografia, se dedicaria a produzir uma espécie de inventário das palavras em espanhol terminadas em 'd' e sua tradução para o português, para comparar a força e a reação provocada por cada vocábulo nos dois idiomas. "É verdade. 'Madrid' tem muito mais charme que Madri", pensou, repetindo mentalmente o nome da capital espanhola enquanto caminhava pelas alamedas do Parque Rodó.

Sem ter feito nada do que havia se proposto, notou que já estava quase na hora do almoço. Pegou um táxi e foi à casa de Sebastián. O almoço foi animado como eram sempre os encontros que envolviam Sebastián, Lucía e Rodolfo. Elvira já se sentia muito familiar naquela casa e lamentou que, quando terminasse o trabalho, deixaria de usufruir da companhia dos três. Lucía, com o tom firme com que costumava enquadrar Sebastián, avisou que naquele dia seu tio não os acompanharia no vinho, porque estava tomando um medicamento que não combinava com álcool.

— Nem um golinho, mamãe? — pediu Sebastián, juntando as mãos num gesto de súplica.

Lucía olhou para ele com aquele desprezo irônico muito comum nos falsos embates entre os dois e nem se deu ao trabalho de responder.

Elvira, cansada pela noite maldormida, também dispensou a bebida.

— Sou solidária ao meu biografado — brincou.

Depois do café, Elvira e Sebastián se dirigiram ao escritório.

— Você aceita uma taça de vinho do Porto? — convidou Sebastián, interrompendo prontamente aquela incômoda situação. Elvira recusou, por entender que ele não deveria consumir qualquer bebida alcoólica, mas Sebastián insistiu:

— Uma pequena taça só pode fazer bem. O que está prejudicando a minha saúde são os medicamentos. Já falei isso mil vezes à Lucía. A vida inteira eu bebi e sempre tive uma saúde de ferro. Agora que começaram a me entupir de remédios fico com a saúde debilitada — argumentou, em sua malandra lógica de boêmio.

Os dois bateram as taças e se olharam fixamente.

— 'Salud' — disse Sebastián.

Elvira ainda estava enredada na troca de olhares e no lugar de responder ao brinde disse:

— 'Salud' é uma palavra linda.

Sebastián a fitou com o olhar carinhoso.

— Não te disse, Elvira, as palavras terminadas com 'd' são encantadoras.

Embora Elvira tivesse se determinado a não deixar que esses pensamentos afetassem a objetividade de seu trabalho, demorou para encontrar uma forma de retomar a entrevista.

Coube a Sebastián apontar a saída:

— Você se lembra em que parte nós paramos ontem?

Elvira consultou seu bloco:

— Paramos quando o empresário voltou ao Brasil e vocês praticamente se mudaram para aquele hotel.

— Pois bem. Prepare-se para fortes emoções. Vou te contar tudo e depois decidimos juntos o que fazer com esta história.

Elvira quase explodia de ansiedade, mas conseguiu aparentar calma.

— Perfeito. Vamos gravar.

O quarto do hotel praticamente virou o mundo dos dois. Preferiam fazer lá as refeições, passavam horas trabalhando os textos, ouvindo música, bebendo e, claro, fazendo sexo. Saíam apenas para entregar o material ao diagramador, quando precisavam comprar alguma coisa ou, a mulher, para receber as ligações diárias do marido. E para evitar serem vistos juntos, deixavam o hotel sempre separados. A cada dois ou três dias faziam reuniões com Laura na sala que servia de redação. Também ali tinham o cuidado de não chegarem juntos. Laura, claro, dispensaria aquela farsa, mas evitava fazer qualquer comentário. De vez em quando fitava Sebastián com ironia e fazia comentários do tipo:

— Sinto que nossa amiga brasileira está com saudades do marido. Você percebe como ela está diferente, calada? E normalmente ela fazia essas observações quando a brasileira estava mais falante, radiante, extrovertida.

Sebastián, como bom malandro, mantinha a farsa.

— Laura, estou tão envolvido com nosso trabalho que sequer consigo atentar para esses detalhes. Ele sabia que não precisava esconder o caso da amiga uruguaia, mas achava que assim a poupava formalmente de se sentir cúmplice.

Quando o empresário voltou de viagem, eles continuaram a viver aquela ardente paixão, mas sem a mesma liberdade e nem a mesma frequência. Aproveitavam quando estavam a sós no escritório e, com muito cuidado, conseguiam se encontrar ao menos uma vez por semana no hotel.

Alguns meses depois, quando estavam reunidos selecionando os artigos que entrariam na edição seguinte do jornal, o empresário comentou que estavam se preparando para retornar ao Brasil. A empresa da família estava atravessando dificuldades e era cada vez mais difícil manter os dois morando na Espanha. Sebastián levou um choque. A brasileira, de olhos abaixados, não dizia nada.

— Para mim também não vai ser fácil voltar e deixar este belo trabalho que fazemos juntos — disse o empresário.

— Pela primeira vez sinto que estamos realmente fazendo uma ação concreta para combater as ditaduras em nossos países.

— Vai ser muito difícil continuarmos com esta publicação sem vocês — lamentou Laura.

Sebastián permaneceu calado, pensando em como poderia seguir vivendo em Madri sem ela. Numa fração de segundo passou em seu pensamento a imagem das suas costas nuas, os momentos que haviam vivido no quarto do hotel, o cheiro do cabelo dela, o suave tremor de seu corpo quando chegava ao orgasmo. Como poderia viver sem ela?

O empresário assegurou que entre os acordos feitos com sua família para voltar ao Brasil havia garantido os recursos necessários para a continuidade do tabloide.

O encontro seguinte da brasileira e Sebastián foi totalmente diferente dos anteriores. Sebastián quase não falava, emudecido pelo turbilhão de sentimentos provocado pela notícia de que ela voltaria ao Brasil.

— Sebastián, preciso te contar uma coisa que provavelmente vai mudar a nossa vida — disse ela.

Sebastián apenas murmurou um "hum", sinalizando que estava ouvindo.

Ela contou que durante aquelas semanas de ausência do marido havia engravidado. Disse que havia feito o cálculo diversas vezes e, como era muito regulada em seu ciclo, não tinha qualquer dúvida a respeito. Ele era o pai. Além disso, a paixão que se apoderara dela havia lhe retirado o desejo de ter relações com o marido.

— Sebastián, eu te amo mais do que jamais imaginei amar alguém. E por isso tomei uma decisão: vou contar tudo ao meu marido e ficar com você aqui em Madri. Vamos ter nosso filho e parar de viver nosso amor clandestinamente. Quero passar com você o resto da minha vida e, se for possível, também a eternidade.

Ele ficou mudo. Sem reação. Também gostava muito dela, mas ter um filho não fazia parte de seus planos. Além disso, não se sentiria nada bem em confessar ao empresário brasileiro que era amante de sua mulher. Manter a relação escondida já lhe pesava muito na consciência, mas o prazer de viver aqueles momentos com a brasileira o ajudava a superar qualquer remorso. Mas daí a confessar tudo havia uma enorme distância.

— Precisamos pensar muito sobre isso. Ser pai não está nos meus planos — limitou-se a responder, sem querer despertar falsas esperanças.

Não fazia ideia de como conduziria essa situação, mas tinha certeza de que não aceitaria, de forma alguma, a proposta que ela fizera. Certamente não era aquela a reação que ela esperava. Vestiu-se em silêncio, sem encará-lo em nenhum momento. Saiu do quarto e nunca mais se viram.

Por sugestão de Laura, a quem resolveu contar todos os detalhes, decidiram interromper a produção do tabloide. Inventaram uma desculpa qualquer. Assim seria mais fácil cortar os laços com o casal e evitar que algum tipo de mágoa levasse a mulher a revelar de quem era, de fato, o filho.

— Você nunca mais teve notícias dela, do filho? — perguntou Elvira.

Sebastián explicou que alguns meses antes, por volta da época em que foi publicada a reportagem sobre ele na Escrita, foi procurado pelo produtor brasileiro de um documentário sobre as ditaduras no cone sul. Ao se apresentar, comentou que era filho de um casal que havia morado em Madri e que tinha produzido com ele um tabloide denunciando as atrocidades praticadas pelas ditaduras da América do Sul. Surpreso, Sebastián perguntou: — Você é filho único?

— Sim — respondeu o produtor. Depois que nasci concluíram que ter filhos não era uma boa experiência e decidiram parar por aí.

Sebastián reconheceu nele a mesma autoironia que lhe era característica.

— E como estão seus pais?

Ele contou que o pai havia morrido alguns anos antes, vítima de um AVC. A mãe estava bem de saúde, mas sempre com aquele ar distante e de poucas palavras. Sebastián lembrava dela com um comportamento oposto. Extrovertida, falante.

— Quem conheceu minha mãe antes do exílio na Espanha comenta que era uma pessoa alegre, comunicativa. Mas desde as lembranças mais remotas que tenho dela, sempre foi fechada, melancólica — comentou o rapaz.

Sebastián preferiu não emitir qualquer opinião sobre a personalidade da mãe. Limitou-se a dizer que o casal havia sido muito importante para ele em seus anos de Madri.

— Sua mãe sabe que você veio me entrevistar? — indagou Sebastián.

— Sim, ela sabe, mas para ser sincero, quem falava muito sobre essa época era meu pai. A minha mãe alega que prefere apagar os anos de Espanha. Creio que a ditadura a deixou traumatizada e ela se defende evitando pensar sobre aqueles tempos. Sinto muito orgulho do que meus pais fizeram, da coragem que tiveram. Poucos ricos assumiram posições contrárias à ditadura. A maior parte preferiu se beneficiar daquele governo autoritário ou, quando não concordava com os métodos, se omitia — explicou o rapaz.

Sebastián observava com atenção o jovem se expressando num gracioso portunhol. Concentrou-se nem tanto nas palavras, mas no jeito como falava. Procurava identificar nele alguma característica da mãe e, se possível, algum traço dele próprio. Da mulher reconheceu facilmente o entusiasmo com que contava seus planos e o rancor que sentia da ditadura, mesmo que não a tivesse vivido. E também notou que enquanto falava, esfregava com o polegar de uma mão os ossos da outra, gesto que ele própria fazia com frequência enquanto falava e que, acreditava, o ajudava a não perder o fio da meada.

— Sebastián, posso chamá-lo assim? — o uruguaio concordou com um aceno da cabeça. Se você quiser, lhe dou o telefone da minha mãe e vocês podem conversar. Quem sabe reencontrar um companheiro de luta possa lhe devolver o ânimo?

Sebastián aceitou que lhe passasse o número mais por educação do que com a intenção de telefonar. Pegou um bloco de sua mesa e pediu que o rapaz lhe ditasse o número da mãe. Quando parou de escrever, seus olhares se encontraram e, por um instante, Sebastián teve a sensação de estar sendo observado. O jovem brasileiro sorriu – com o esplendor que certamente herdara dos genes maternos – e Sebastián retribuiu. Explicou que ele ainda estava fazendo contatos com possíveis entrevistados, procurando documentos e analisando onde poderiam fazer as gravações. Ao se despedirem, disse que voltaria a telefonar para agendarem uma data para a entrevista.

Sebastián, num gesto inesperado até para ele, levantou-se e deu um forte abraço no rapaz.

— Teus pais foram muito importantes na minha vida — falou, quase sussurrando.

Provavelmente foi a justificativa que deu – e se deu – para aquele gesto tão afetivo e bem mais demorado do que habitualmente se dedica a uma pessoa que acaba de se conhecer. O rapaz retribuiu o carinho:

— Tenho certeza de que você também marcou a vida deles.

Lucía entrou no escritório assim que o jovem saiu e observou que Sebastián enxugava os olhos.

— O que aconteceu aqui? — perguntou, preocupada por encontrar Sebastián daquele jeito.

— Esse rapaz é o filho único do casal de brasileiros que conheci na Espanha, respondeu.

Lucía, que conhecia todos os detalhes da história madrilenha, abraçou seu tio, afagando suas costas até que ele a afastou suavemente. — Esse turbilhão de emoções me pegou de surpresa.

— Elvira, você entende por que não sei se convém contarmos sobre meu romance com a brasileira? Pode ser um choque muito grande para o filho e uma punhalada na memória do marido, comentou Sebastián.

— Entendo. Não precisamos decidir isso agora. Deixe-me pensar e depois ponderamos juntos, propôs Elvira, ansiosa para conversar com Ernesto para saber o que ele achava a respeito.

Apesar do gosto por dramas familiares e intrigas, seu amigo argentino costumava ser muito equilibrado em seus conselhos relacionados à biografia. Ao pensar em Ernesto lembrou-se de perguntar o nome do casal.

— Sebastián, e qual é o nome desses brasileiros?
— Vou te dizer, mas peço que guarde a informação só para você, até decidirmos o que fazer com essa história: José Luiz e Ana Maria Amaral — respondeu Sebastián.

"Então ela não é a K que escreveu para a revista", refletiu. Procurou em sua bolsa o bilhete, determinada a esclarecer, finalmente, quem seria aquela leitora. Contou que quando foi publicada a reportagem sobre Sebastián a revista havia recebido muitas mensagens, entre elas o bilhete de uma anônima leitora, que entregou a ele. Depois de ler aquelas poucas palavras, abaixou o olhar. Elvira notou que saíam lágrimas do canto de seus olhos. Passado algum tempo de silêncio, contou:

— Quando íamos ao hotel na periferia de Madri, eu me registrava com o nome de Raimundo e ela como Karen. Achávamos que assim não seríamos descobertos tão facilmente. E na intimidade, como parte dos nossos segredos, nos tratávamos sempre por esses apelidos.

Sebastián aparentava muito cansaço e Elvira achou melhor encerrar a entrevista. Antes, porém, fez uma última pergunta:

— Você foi entrevistado para o documentário? O rapaz voltou a entrar em contato?

— Alguns meses depois ele me ligou comentando que o financiamento para produzir o documentário não havia saído e que o projeto teria que ser adiado.

Sebastián ficou ressentido com a notícia. Não por terem postergado a entrevista – aliás, também ele evitava falar sobre aquele tempo amargo – mas porque gostaria de rever o rapaz.

— E você ligou para a brasileira?
— Tive vontade, mas faltou coragem — limitou-se a responder.

Mal completou a conexão pelo Skype, Elvira disparou a falar.

— Ernesto, teu palpite estava certo. A tal K é a amante brasileira de Madri. E essa história é bem mais intrincada do que qualquer um dos romances de Sebastián. Eles se encontravam num hotelzinho dos arredores de Madri e se registravam com nomes falsos. Esse romance resultou até em um filho que Sebastián não quis assumir e que conheceu recentemente por acaso.

— Calma, 'niña', vamos por parte. Começa pelo *lead*, desenvolve e depois conclui. Do jeito que você vomitou essas informações eu fico confuso e ansioso ao mesmo tempo — falou Ernesto.

Elvira contou da maneira mais objetiva possível o que ouvira de Sebastián. Seu relato era entrecortado por comentários atônitos de Ernesto:

— 'No lo creo!', 'por Dios!' —, frases que no espanhol de Ernesto soavam muito mais graves.

— Elvira, você tem uma ótima história na mão. Teu livro vai trazer informações que nunca foram nem de longe aventadas. Ninguém imagina que ele tenha um descendente, ainda mais nascido no Brasil.

— Pois é, esse é um ponto que preciso dividir com você. Ele tem dúvida se essa história deveria ser contada ou não, justamente por envolver gente que está viva. Ficamos de conversar mais a respeito e eu quero muito saber a tua opinião. Confesso que estou perdida. De um lado, minha obrigação como biógrafa é contar tudo o que sei sobre Sebastián — inclusive esse foi um dos nossos tratos —, mas também entendo a preocupação dele em preservar a mulher do empresário e o filho dela. Quero dizer, deles.

Os dois pararam de falar. Estavam a tal ponto emaranhados em seus pensamentos que permaneceram por alguns minutos cada um diante de seu computador, sem se olharem e nem perceberem que o Skype continuava conectado. Quando Elvira finalmente lembrou-se da conexão, limitou-se a mandar um beijo e desligar.

Elvira voltaria a São Paulo na tarde seguinte. Passaria pela manhã para se despedir e agendarem a próxima série de conversas. Quando chegou à casa de Sebastián, ele a recebeu visivelmente diferente do habitual. Parecia abatido, distante. Provavelmente ainda estava abalado pela história que resgatara de sua memória. Também ele precisaria de um tempo para digerir todas aquelas lembranças.

— Elvira, vamos pensar os dois com calma sobre esse episódio e na tua volta decidimos se incluímos ou não na biografia. Ok?

— Claro, Sebastián — concordou ela.

Ao se despedirem, Sebastián se levantou e deu um abraço longo e apertado em Elvira. Mais longo e apertado do que nas outras despedidas. Elvira entendeu que era uma forma de demonstrar a ligação entre os dois depois de ter lhe revelado o mais íntimo segredo de seu passado. Ao desfazerem o abraço, Sebastián comentou, quase sussurrando:

— Por muito tempo imaginei que fosse ela a mulher da minha vida.

Quando voltou a São Paulo ela e Rafael viajaram por alguns dias ao litoral norte e ficaram numa pousada na Barra do Sahy. O chalé era amplo e tinha uma cozinha, o que lhes permitia preparar as refeições. Queriam passar um tempo juntos, longe da agitação de São Paulo. E cozinhar, para eles, era o jeito mais saboroso de conviverem. Ela levou o pen drive com matérias de arquivo e aproveitou para continuar suas pesquisas. Embora fossem dias de descanso, o compromisso dela com o livro não seguia os horários convencionais. Além disso, mergulhara de tal forma na história de Sebastián que não conseguiria se desligar mesmo se quisesse. Rafa, sempre compreensivo, não reclamou. Aceitava e incentivava a dedicação de Elvira ao projeto.

De manhã tomavam um café preguiçoso, iam à praia e passavam um bom tempo no mar. Na volta preparavam juntos o almoço, sempre bebericando e petiscando alguma coisa. Depois do almoço, Rafa tirava sua soneca e Elvira ia ao computador ler reportagens, ver fotos e fazer anotações. Lucía havia batizado uma das pastas do pen drive com um nome que lhe chamou a atenção: "Fotos que talvez te interessem". Lucía era muito organizada e cada foto era identificada com o nome – ou os nomes – de quem estava retratado. Elvira gostava muito dessa parte da pesquisa, porque podia observar o rosto de pessoas que fizeram – ou ainda faziam – parte da vida de Sebastián e ao visualizá-las conseguia materializar em seu pensamento as situações narradas por ele. Eram centenas de fotos. No começo, Elvira abria uma a uma, mas depois achou esse processo muito demorado. Resolveu ler o nome de cada arquivo e abrir a foto dependendo de quem estivesse nela. Foi percorrendo a lista até se deparar com a subpasta "Tabloide Madri". Dentro dela algumas fotos do Sebastián com Laura e muitas com o casal de brasileiros. Seu coração disparou. Finalmente veria o rosto de uma das mais marcantes mulheres da vida de Sebastián. Eram fotos em preto e branco que haviam sido escaneadas, mantendo o amarelado imposto pelo tempo. Apesar da qualidade não ser muito boa, conseguiu ver com clareza os rostos. Em várias delas aparecia Ana Maria Amaral, a ressentida "K". Elvira procurou uma em que ela estivesse em destaque, ampliou a imagem o máximo possível e se deteve a analisá-la sem pressa. Estava sorridente e de fato parecia ser charmosa, mas em nada se assemelhava à mulher fatal que imaginara. E nem mesmo ao estilo que ela supunha despertar atração em Sebastián. "É bem normalzinha para ter mexido tanto com a cabeça dele", pensou. Quais seriam os encantos ocultos dessa mulher para conquistar um homem tão cobiçado e traquejado na arte da sedução? Fechou a foto e continuou lendo os nomes dos arquivos até se deparar com uma foto intitulada "Sebastián e K". Na imagem apareciam somente os dois, apoiados numa mesa no meio do que parecia ser um local de trabalho. Sebastián com roupa preta e ela com um vestido estampado. Ampliou a imagem e notou um detalhe que, com certeza, Lucía quis que observasse: as mãos dos dois se tocavam levemente, de um jeito imperceptível para quem olhasse apressadamente.

Naquela noite Elvira e Rafael resolveram tomar vinho branco. Estava calor, mas não queriam beber cerveja. Ela havia somado alguns quilos a seu peso nas viagens a Montevidéu e a cerveja a deixava estufada. De repente, sem dar direção ao seu pensamento, começou a contar sobre a tórrida relação entre Sebastián e a mulher do empresário. Já levemente alterada pelo efeito do álcool – e para surpresa do namorado – tirou a blusa e ficou de costas para ele.

— E agora, ao vivo, você acha minhas costas atraentes?

Ainda sem entender direito aonde ela queria chegar, fitou as costas de Elvira por alguns segundos e fez um "ahã", não muito entusiasmado.

— Elvira, tuas costas são lindas, mas para ser bem sincero, prefiro teus seios — respondeu.

Ele se aproximou, a fez ficar de frente e a abraçou, também sem camisa. Começou a acariciar as costas dela, beijou seu pescoço e foi descendo com a boca, tocando levemente os bicos dos seios com a língua. Ela estremeceu e apertou a cabeça de Rafael contra seu corpo. Deitaram no chão, sobre uma esteira colocada ao lado da cama.

— Rafa, faz massagens nas minhas costas? — pediu Elvira, virando-se de bruços.

Rafael sentou-se nas pernas dela e começou a massageá-la.

Aos poucos, os dois passaram a se mexer no ritmo da massagem. Elvira, que estava só com a parte de baixo do biquíni, pediu que Rafael a despisse e também tirasse a sunga. Elvira, normalmente contida durante o sexo, respirava ruidosa e profundamente. Ao final, extenuados, os dois deitaram lado a lado. Elvira manteve os olhos fechados e Rafael notou em seu rosto um discreto sorriso. Tomaram o resto da taça de vinho e dormiram nus, ali mesmo na esteira.

    Naquela noite Elvira sonhou que estava andando com Sebastián pelo Parque Rodó. Quando chegaram perto de um lugar que parecia ser um coreto antigo, Sebastián a abraçou e os dois começaram a se beijar ardentemente. A despiu delicadamente e cheirou todo o seu corpo. O rosto era de um Sebastián mais jovem, mas vestia as mesmas roupas que usava atualmente. Também ele se despiu e Elvira começou a acariciá-lo. Abriu as pernas e sentiu Sebastián invadir o seu corpo, provocando nela uma sensação que até então não havia experimentado. Acordou de repente, sentou-se e começou a se lembrar do sonho, como se quisesse retê-lo.

    Durante aqueles dias no litoral Elvira conheceu outra qualidade de Rafael até então ignorada. Ele era um ótimo ouvinte. Não apenas por escutá-la por longos períodos, mas por fazer comentários pertinentes, deixando claro que estava interessado no que ela falava. Elvira aproveitou essa disposição e começou a lhe contar algumas passagens interessantes da vida de Sebastián. Além de ser uma forma de envolver o namorado em seu trabalho – sentia-se um pouco culpada pelas frequentes ausências –, serviria como um ensaio para o momento em que fosse narrar essas situações no texto.

    Numa dessas conversas contou sobre o dia em que Sebastián foi paraninfo de uma turma de formandos em Letras pela Universidade de la República. Como Rodolfo levaria Lucía ao médico, decidiu ir de táxi. Ao chegar à universidade, procurou pelo auditório onde aconteceria a formatura. No corredor, passou por um anfiteatro e colocou a cabeça para dentro tentando descobrir se aquele seria o local da cerimônia. As pessoas que estavam dentro o reconheceram e começaram a gritar seu nome. "Achei o local", pensou. E entrou no amplo salão, onde lhe cederam um lugar bem diante do palco. Em seguida apagaram-se as luzes e um grupo de dança contemporânea começou a se apresentar. Como ele nunca tinha participado de uma formatura naquela faculdade, imaginou que aquilo fizesse parte do programa. Dançarinos e dançarinas estavam com roupas transparentes e se tocavam de maneira provocadora. Ele supôs que aquela dança fosse uma alusão à sensualidade e ao desejo, temáticas frequentes de seus livros.

Enquanto se deliciava com o espetáculo, viu Rodolfo passar apressado pelo corredor. "Será que aconteceu alguma coisa com Lucía?", preocupou-se. Com a maior discrição possível, embora notado por todos, saiu da sala atrás do marido da sobrinha.

— Rodolfo, Rodolfo, o que aconteceu?

— Como o que aconteceu? Estão todos preocupados atrás de você.

— Mas eu disse que participaria da formatura de uma turma de Letras, defendeu-se Sebastián.

— E a formatura é no outro prédio, explicou Rodolfo, a essa altura rindo da situação.

Rapidamente os dois se dirigiram para o local certo. Rodolfo, a pedido de Sebastián, foi na frente para explicar aos organizadores o que havia ocorrido.

Subiu envergonhado ao palco, desculpando-se por ter retardado a solenidade. Havia preparado uma fala manifestando sua gratidão com a homenagem e a satisfação por ver tantos jovens interessados em seguir uma carreira que enriquecia mais o espírito do que a conta bancária. Decidiu, porém, aproveitar o que havia acontecido para mudar a abordagem. Falou sobre a importância de estarem sempre abertos para o imprevisível e terem coragem de mudar de planos em busca do que realmente lhes trouxesse felicidade e realização.

— Se na vida eu tivesse seguido o que havia planejado — ou melhor, o que meu pai havia planejado para mim —, hoje o Uruguai teria mais um advogado medíocre e infeliz. E os personagens que habitaram meus livros não teriam tido a oportunidade de desabrochar e ganharem vida. Para ser bem sincero, os momentos mais importantes da minha vida — bons e maus momentos — só foram possíveis graças à minha total incapacidade de fazer planos.

— Vira, que figura incrível é o Sebastián, comentou Rafael ao final do relato.

— Incrível. E você vai me ajudar muito para que eu consiga colocar no papel a vida dele. Antes de escrever vou te contar todas as passagens, como agora. Quando você me escuta, e do jeito atento como você me ouve, eu consigo narrar com mais clareza tudo o que ele me relatou e li sobre ele.

Na mensagem por WhatsApp escreveu: "Ernesto preciso muito da tua ajuda para decidir se vamos ou não incluir todos os detalhes do romance com a brasileira. Não sei o que fazer".

Nos últimos dias aquela dúvida vinha ocupando seu pensamento em todos os momentos livres. Ela pesava prós e contras, mas não conseguia chegar a uma conclusão. Por vezes, a necessidade de ser profissional imperava e ela concluía que deveria incluir a história, mesmo que abrisse feridas. Em outras, se colocava no lugar da mulher ou do filho e recuava. "Não posso ser responsável por impor esse sofrimento aos dois." Também pensou que se Sebastián simplesmente quisesse omitir essa parte da história, bastaria que não a tivesse contado. Poderia simplesmente ter ficado na publicação do tabloide, sem detalhar o romance. "Talvez ele queira que a decisão seja apenas minha, já que não estará mais vivo quando o livro for publicado."

Mergulhada pela enésima vez nessas dúvidas, ouviu que Ernesto a chamava pelo Skype.

— 'Hola', Vira — cumprimentou, seco, e começou a argumentar.

Disse que apesar de ser uma biografia autorizada, a primeira condição era ter total liberdade para escrever tudo o que levantasse. Ela havia sido convidada justamente por não conhecer previamente Sebastián, o que lhe dava o direito de ser cem por cento neutra. Não fazia sentido omitir uma das passagens mais importantes da vida de seu biografado. Se não incluísse essa parte, abriria um precedente que poderia comprometer a credibilidade do trabalho e, talvez, a sua carreira.

— Elvira, imagina se você deixa de contar e alguém depois descobre que você cortou deliberadamente isso, mesmo sabendo? Pensei muito a respeito e minha opinião é a seguinte, sem meias-palavras: você tem que relatar tudo o que sabe, inclusive a história do filho.

Elvira ouviu em silêncio. Não só porque precisava processar os argumentos, mas principalmente por não ter como se contrapor a eles. Diante da tela do *laptop*, Elvira permaneceu de cabeça baixa, como se olhasse o teclado.

— Ernesto, deixa eu pensar melhor e te falo. Concordo com tudo o que você disse, mas preciso pensar. E desconectou, sem se despedir.

Cerca de meia hora depois o celular tocou. Era Lucía.

— Elvira, querida. Como você está?

Elvira ficou feliz de escutar a voz de Lucía, que sempre lhe transmitia uma sensação agradável, mas naquele momento de incerteza era a penúltima pessoa do mundo com quem queria falar. Sebastián era a última.

— Estou bem — respondeu, procurando disfarçar a angústia. — E vocês? Como está Sebastián?

Lucía comentou que também estavam bem e que Sebastián, como sempre, travava uma batalha pessoal com o médico negando-se a aceitar as recomendações. E numa de suas vistorias de rotina ao escritório do tio havia descoberto uma garrafa de grapa, além da de vinho do Porto, que ela sabia desde sempre, mas deixava passar.

— O fígado dele tem dado vários sinais de saturação e, além disso, o álcool corta o efeito dos medicamentos. Esse é o nosso teimoso e mimado Sebastián, comentou Lucía, resignada.

— Elvira, na verdade estou te ligando para tratarmos de um tema delicado. O Sebastián tem pensado muito sobre essa história do filho que resultou do romance com a tua compatriota. Ele acha que uma biografia séria não pode omitir um detalhe de tamanha importância, mesmo que isso possa provocar consequências dolorosas na vida de outras pessoas. Aqui em casa temos conversado muito sobre isso, porque meu tio está muito angustiado com a situação, e chegamos a uma ideia que gostaríamos de ponderar com você, já que a decisão final é tua.

O plano era conversar com Laura, que visitaria o Uruguai proximamente, e propor a ela que procure a brasileira, com quem havia tido uma forte amizade no passado, para lhe contar sobre a biografia de Sebastián e avisá-la sobre a parte do livro que incluiria a história do filho. Dessa forma Ana Maria Amaral não seria pega de surpresa e poderia preparar também seu filho para receber a notícia.

— Claro que o impacto dessa revelação vai ser grande para os dois, mas ela também ficará sabendo da importância que teve na vida de Sebastián — acrescentou Lucía.

— E se ela não concordar e resolver embargar o livro na justiça? — ponderou Elvira.

— Também pensamos nisso e é um direito que ela tem. Pessoalmente acredito que não vai fazer isso, porque acabaria atraindo uma curiosidade ainda maior em torno dessa passagem. Mas é uma possibilidade. De qualquer forma, a conversa com a Laura vai nos servir de bússola para conhecermos de antemão qual poderá ser a reação e nos permitirá pensar em como vamos agir — assinalou Lucía.

Elvira achou que era uma boa estratégia. Ao mesmo tempo em que preservava a credibilidade do livro, a protegia do sentimento de culpa que provavelmente a acometeria se a revelação tomasse a brasileira e seu filho de surpresa.

— Gostei da ideia, respondeu Elvira. — Preciso te confessar que também estou muito angustiada com essa decisão — completou.

O comentário era desnecessário, mas Lucía fez de conta de que nada sabia. Ela havia conversado momentos antes com Ernesto sobre o dilema que Elvira enfrentava. Tanto ela quanto Sebastián e Rodolfo achavam que seria pesado demais para Elvira arcar sozinha com a decisão e por isso resolveram dividir a responsabilidade de encontrar uma saída.

— Isso mostra que estamos muito sintonizados — limitou-se a responder Lucía.

Quando desligaram, Elvira chamou imediatamente seu amigo argentino.

— Ernesto, eles acharam uma saída — disse, visivelmente aliviada. E contou os planos sugeridos por Lucía. Como bom ator, Ernesto ouviu tudo atentamente, mostrando-se interessado e surpreso.

— Querida, vou orar todos os dias para que a Laura tenha sucesso nessa nobre missão — disse Ernesto ao final do relato.

— E agora que aliviei um pouco o peso dos meus ombros, quero conversar com meu amigo e não mais com o curador do livro.

Ernesto esfregou as mãos, no gesto típico de quem se prepara para escutar uma boa história. Elvira contou-lhe o sonho que tivera com Sebastián e como havia ficado mexida com o realismo das cenas passadas no Parque Rodó.

— Sonhos podem ser premonitórios ou podem nos trazer de volta lembranças que estão armazenadas lá no fundo da nossa memória. Mas neste caso tenho certeza de que são revelações de desejos ocultos que você não tem coragem de reconhecer — comentou Ernesto, em tom professoral. Elvira ouviu com interesse, mas relutava em aceitar.

— Será? — questionou — Quais desejos inconscientes posso ter em relação a um senhor tão mais velho?

— Essa resposta só você pode dar, devolveu.

Diante do silêncio de sua amiga, prosseguiu em suas observações:

— Vira querida, me desculpe ser tão direto, mas na língua dos adultos isso se chama tesão. Se quiser que eu seja mais explícito, embora sutileza seja meu sobrenome, você morre de desejo por esse homem ardente que foi e que continua despejando charme em seu entorno.

Sem saber como responder, Elvira limitou-se a sorrir.

— Quer dizer que você agora também interpreta sonhos?

— 'Mi' amor, estou me transformando no curador da tua vida, não só da biografia, disse Ernesto, soltando uma gargalhada. Elvira sentia um carinho enorme pelo amigo. Ficou olhando para ele com ternura e decidiu se despedir com um beijo na tela.
— Assim não vale. Tem que ser de língua — provocou Ernesto. Elvira aceitou o desafio e, num gesto teatralmente erótico, deu uma lambida na tela.
— Safada — brincou Ernesto. — Ah, ia me esquecendo. Sabe o livro *A mulher do cine Mogador*? Dá uma lida a partir da página 109. Tchau, querida, agora vou desligar. Não existo só pra você.

Como sempre, era das poucas mulheres na sala assistindo àqueles filmes de quinta categoria com cenas de sexo. Observou a plateia com o olhar de caçadora e sentou-se ao lado de um jovem que aparentava não ter chegado aos 20 anos. Tinha uma atração especial por garotos que não conseguiam controlar a ansiedade nem a ereção. O rapaz manteve o olhar fixo na tela, que passava trailers de filmes a serem exibidos em futuro incerto. Não entendia por que, com tantos lugares vagos, ela escolhera se sentar bem ao seu lado. Naquele cinema que cheirava a suor, mofo e sexo, as pessoas preferiam se manter distantes para saborear, cada um a seu modo, as ardentes cenas projetadas na tela.

Tão logo começou o filme ela colocou a mão na perna do garoto e começou a acariciá-lo suavemente. Aos poucos foi escorregando sua mão até o meio das pernas dele, sentindo o rápido enrijecimento que costuma favorecer os mais jovens. Não demorou muito até que os dois sincronizaram o ritmo de seus movimentos.

Quando ela percebeu que o jovem estava a ponto de explodir, sussurrou ao seu ouvido: "Vamos sair daqui". Os dois se levantaram e ela o tomou pela mão, levando-o ao banheiro feminino. Ocuparam uma das cabines. Ela deixou cair o vestido, mostrando que não usava nada por baixo. De costas para o jovem, apoiou as mãos na parede e colocou um dos joelhos sobre a tampa da privada, ficando numa improvisada posição de quatro, ou melhor, de três. O rapaz ainda não vira o rosto da mulher, mas isso não era necessário. Observou suas costas nuas, rígidas, mas não musculosas. Aquela visão o deixou enlouquecido. No lugar de penetrá-la, passou a lhe acariciar as costas, a escorregar por ali a língua e a lhe morder os ombros. Ela foi abaixando os braços pela parede, permitindo – ou convidando – que ele massageasse seu dorso com seu rígido membro. Ele a agarrou pelos seios e a apertou contra seu corpo, esfregando-se nas costas suadas. Os dois gemiam alto e gozaram quase ao mesmo tempo. Ficaram nessa posição por algum tempo, até que ela se limpou, colocou o vestido e, sem mostrar o rosto, abriu a porta e saiu apressadamente.

Mesmo para aquela mulher, tão versada e desejosa de sexo, havia sido uma experiência nova. "Nunca imaginei que minhas costas pudessem despertar tanto tesão", pensou, divertindo-se intimamente com aquela situação enquanto esperava no consultório a entrada de seu próximo paciente.

— Ana Maria Amaral? — perguntou do outro lado da linha uma voz feminina que lhe pareceu familiar, numa pronúncia do espanhol que não conseguiu identificar claramente de onde era.

— Quem deseja? — devolveu, sem se revelar.

— Aqui é alguém do passado que durante um período duro, mas intenso, foi muito próxima a você — disse Laura, tentando fazer um jogo que Ana Maria prontamente cortou.

— Olha, não gosto de brincar de adivinhação. Por favor, se identifique ou vou desligar — interrompeu a brasileira, revelando uma face ríspida que em nada se assemelhava à amável mulher que Laura conhecera na Espanha.

— Desculpa, Ana Maria. Aqui é Laura. Lembra de mim? A uruguaia sem noção que depois de 30 anos imaginou que você a reconheceria pela voz.

O silêncio que se seguiu deixou Laura insegura. Estaria emocionada, surpresa, irritada ou simplesmente estava revolvendo a memória para tentar localizá-la? A resposta mostrou que não a esquecera, mas também deixou claro que não estava muito animada com esse inesperado reencontro telefônico.

— Sim, Laura. Claro que me lembro de você. A que se deve esta ligação depois de tanto tempo?

Laura explicou que iria viajar uns dias a Montevidéu e aproveitaria para passar um final de semana em São Paulo, onde o avião fazia escala, para visitar alguns conhecidos. E se ela não se importasse, gostaria de encontrá-la. Afinal, haviam dividido uma rica história em Madri e as recordações que tinha do casal eram de muito afeto.

— Sim. Claro. Será um prazer, Laura — respondeu Ana Maria sem muita eloquência. — Também tenho uma lembrança muito carinhosa de você.

Em seguida trocaram endereços de e-mail e combinaram que Laura escreveria mais próximo da data da viagem para acertar detalhes sobre o encontro.

Pela forma como a brasileira havia insinuado que a lembrança "carinhosa" se dirigia a ela, sem incluir Sebastián, Laura pressentiu que o encontro com Ana Maria poderia não ser muito produtivo para seus propósitos.

Laura contou a Lucía sobre a conversa e a sua preocupação com o ressentimento que Ana Maria aparentemente ainda guardava em relação a Sebastián. Era impossível prever qual seria sua reação. Se ao menos tivessem mantido contato durante todo esse tempo, Laura se sentiria mais segura. Combinaram que Lucía a acompanharia a São Paulo. Seria apresentada como uma amiga de Laura. Acharam melhor não revelar que era a sobrinha de Sebastián. Assim, se percebessem ser melhor não tocar no assunto do livro, trocariam algum sinal, manteriam a conversa em torno das lembranças dos tempos em Madri e depois pensariam em o que fazer.

Em suas pesquisas no material que recebeu de Lucía, Elvira notou que havia raríssimos registros da participação de Sebastián em eventos literários. Um dos recortes registrava uma frase muito breve informando que o escritor era avesso a participar desses encontros, atribuindo o comportamento à sua disfarçada timidez. Resolveu que falaria sobre isso na nova rodada de conversas que teriam naquela semana. Lucía, quando se encontraram em Buenos Aires, havia mesmo falado, de passagem, sobre a aversão de seu tio a esses eventos.

A caminho da casa de Sebastián, seu coração estava acelerado, como todas as vezes em que ia encontrá-lo, num misto de tensão, insegurança e felicidade.

Lucía abriu a porta e, com seu jeito espirituoso, comentou:

— Ufa! Ainda bem que você chegou. Se demorasse mais alguns minutos teu biografado já teria infartado. Estava tão ansioso, que liberei uma tacinha de vinho do Porto.

Elvira sorriu, deu um abraço apertado em Lucía e, com a intimidade que haviam construído, cochichou:

— Eu também estava muito ansiosa.

Ao entrar no escritório observou Sebastián sentado na ponta da poltrona, como se a expectativa de sua chegada o impedisse de se recostar.

— 'Hola, niña'. Que bom que você chegou.

— 'Hola', Sebastián. Estava com saudades dos nossos encontros — respondeu Elvira.

Em seguida lhe deu um beijo no rosto e aspirou a pele de Sebastián. Sempre gostou de sentir o cheiro do avô, mas o de Sebastián era diferente. Levemente perfumado, mas deixando transparecer o aroma natural da pele. Sem perceber, deteve-se alguns segundos aspirando. Sebastián, que intimamente saboreava aquele gesto, não a interrompeu.

— Desculpa, Sebastián, estava tentando identificar o teu perfume. Sou apaixonada por perfumes, mas esse não consegui reconhecer — explicou, ao perceber que demorara mais do que o normal para um simples beijo de reencontro.

— Se quiser tentar mais um pouco, fique à vontade — respondeu Sebastián com um leve sorriso. E continuou:

— Lamento te decepcionar, mas não passei perfume algum. Acho que com tantos anos de loções no rosto, a pele já ficou impregnada. E o efeito final talvez seja um *mix* desses perfumes com o cheiro natural que os velhos exalamos.

Encerrada essa inusual introdução, os dois se sentaram lado a lado no sofá maior. Elvira gostou de ficar perto dele, pois assim poderia continuar apreciando o aroma de Sebastián.

— Numa reportagem antiga li que você não gosta de participar de encontros literários, apesar de concordar que eles sejam importantes. Você atribuiu isso à tua timidez, mas te conhecendo melhor comecei a desconfiar que essa talvez não seja a verdadeira razão — provocou Elvira.

— Essa é uma das principais razões. Sou bastante extrovertido quando há pouca gente em volta e consigo identificar a reação de cada uma. Mas quando falo para plateias maiores, formadas por anônimos e onde não consigo notar como recebem minhas palavras, travo como um adolescente, cheio de espinhas, que tenta conquistar a garota mais cobiçada do bairro — explicou Sebastián.

— Está bem, acredito que seja uma das razões, mas quero saber quais são as outras — insistiu.

Sebastián fez uma pausa e abriu um sorriso de capitulação.

— Você não deixa passar nada.

Explicou que além da timidez e de se entediar com as atividades sociais que faziam parte inevitável desses encontros, dois motivos o levavam a recusar convites do gênero, para desespero de seu editor. O primeiro, por entender que depois de escrito um livro a história e os personagens não mais lhe pertenciam. Cada leitor deveria viver aquela história e compor os personagens como a imaginação lhe sugerisse.

— Tudo o que eu tenho que dizer está ali escrito. Nas poucas vezes em que fiz conferências para públicos maiores me senti ridículo ao ter que explicar como haviam sido construídos os personagens, até que ponto as histórias eram autobiográficas, quais romances se inspiravam em minhas vivências. Prefiro que o leitor viaje nas histórias com sua própria bússola.

A segunda razão era de ordem pessoal e ele explicou com o peculiar humor com que abordava as próprias fragilidades.

— Cheguei ao mundo desprovido da capacidade de armazenar muitas informações. Minha memória dos fatos e informações armazena as recordações a seu bel-prazer. Não há ordem de prioridade e não exerço sobre ela qualquer controle. Ela é excepcional para lembrar de cheiros, o que não é novidade para ninguém. Aliás, essa predileção é frequente em meus livros porque, de certa forma, é a única categoria de memória da qual posso me orgulhar.

Em contrapartida, tinha uma dificuldade enorme para reter nomes, guardar datas, recordar passagens de livros. Para dar um exemplo dessa deficiência, explicou que todo ano precisava contar com a cumplicidade de Rodolfo para cumprimentar Lucía pelo aniversário.

— Não só esqueço o dia, mas confundo também

o mês. Desisti de tentar lembrar por conta própria — comentou.

— Ok, mas o que tem isso a ver com a recusa em participar de encontros literários?

Nas vezes em que aceitara participar desses eventos sempre era indagado sobre os livros mais marcantes, autores e obras que o haviam influenciado e qual livro estava lendo.

— Nesses momentos me dava um apagão absoluto e tinha a certeza de que, por mais que me esforçasse, não conseguiria recordar nem mesmo dos nomes dos livros que eu mesmo escrevi. Era muito sofrido. Eu ali em silêncio, diante de uma plateia ansiosa, só conseguia pensar em respostas evasivas, óbvias, como "foram tantos autores que prefiro não destacar nenhum" e que não citaria o que estava lendo para não fazer propaganda gratuita. A plateia normalmente aceitava — ou fingia — essas explicações, mas eu ficava exausto de tanto querer ativar, sem sucesso, a minha insubmissa caixa de lembranças. Aí eu me disse: "Basta, não vou mais participar". E, claro, procurei um argumento não totalmente falso, mas que seria mais palatável do que simplesmente dizer que não gosto de falar sobre meus livros e que não me lembro de quase nada do que li.

Ao terminar essa confissão, olhou para Elvira com ar de desamparo, como se tivesse revelado uma condição muito íntima que durante toda a vida procurara esconder. Elvira, que sempre procurava se manter impassível diante dos relatos, por mais insólitos que fossem, não conseguiu conter a expressão de compaixão e, num gesto espontâneo, apertou com carinho as mãos de Sebastián. E de mãos dadas, permaneceram com os olhos fixos um no outro. Ele talvez satisfeito por ter se desfeito de um de seus mais recônditos segredos, ela sensibilizada ao perceber que aquele reconhecido escritor, octogenário, era capaz de falar de suas fraquezas mais elementares sem que isso diminuísse, em nada, a sua dimensão. Ao contrário.

— Mas a falta de memória tem também seu lado positivo — interrompeu Sebastián, provocando em Elvira um olhar de interrogação.

Ele explicou que a contrapartida de sua recorrente amnésia era se ver livre do sentimento de rancor.

— Não pela nobre disposição de perdoar as pessoas que de alguma forma me atacaram ou prejudicaram, mas simplesmente porque esqueço em pouco tempo o que disseram ou fizeram contra mim — comentou.

Destacou, porém, que esse indulto involuntário só não valia para a ditadura.

— Acho que os acontecimentos daquela época acabaram ocupando todo o espaço de minha restrita memória e esgotando toda a minha capacidade de guardar mágoas e rancor. Lembro com clareza de cada acontecimento daquela época, do último olhar de Henrique, de cada diálogo que tive com o general e tenho profundo e irrevogável ódio por todos os que se apoderaram do Uruguai como se o país lhes pertencesse. Gostaria de apagar tudo isso e liberar espaço para lembranças mais agradáveis, mas, com te disse, não tenho autoridade sobre minha caprichosa memória.

Quando Ana Maria abriu a porta, Laura a cumprimentou com afeto.

— Oi, querida, quanto tempo! —, mas preferiu não fazer qualquer gesto. Nem mesmo lhe estender a mão. Aguardou que a brasileira tomasse a iniciativa de definir a temperatura daquele reencontro.

Por alguns segundos se observaram mutuamente, como se medissem o efeito causado pelo tempo em cada uma. Ana Maria interrompeu aquele momento de contemplação e envolveu Laura num inesperado abraço apertado, muito mais caloroso do que Laura imaginara. Ficaram assim por algum tempo e Lucía notou que as duas estavam muito emocionadas. "Quantas lembranças estariam passando por suas cabeças", pensou. Quando se separaram, não conseguiram dizer nem uma palavra. Seria difícil às duas verbalizar o que sentiam e o abraço se encarregou de traduzir o turbilhão de emoções que havia brotado. De mãos dadas, lacrimejando, se dirigiram para a sala ainda em silêncio. Laura nem mesmo havia lembrado de apresentar Lucía para a brasileira.

Lucía teve a impressão de que aquela forte reação também havia sido uma surpresa para as duas.

Retomando o ritmo normal da respiração, Laura apresentou Lucía, que lhe deu um beijo e comentou:

— Ouvi muitas coisas lindas sobre a amizade de vocês duas. Ana Maria sorriu e Lucía procurou em seu rosto algum sinal da mulher que, no passado, havia mexido com o coração de seu tio e compartilhado com ele um ardente romance.

A conversa fluiu pelos temas habituais dos reencontros que acontecem depois de muitos anos sem qualquer contato. Ana Maria contou que seu marido, José Luiz, havia falecido alguns anos antes em consequência de um AVC. Laura fingiu surpresa e manifestou seus sentimentos. E de fato sentia. Ela admirava muito a coragem e o desprendimento daquele homem, que poderia ter se beneficiado da ditadura, mas preferiu trabalhar, a seu modo e com suas armas, contra o regime dos militares. As lágrimas que lhe escorreram, embora não fossem motivadas por uma inesperada informação, eram sinceras.

Ana Maria perguntou se gostariam de tomar um suco.

— No Brasil temos uma variedade muito grande de frutas— disse. E se desculpou por não oferecer alguma bebida mais forte, explicando que há muitos anos havia se afastado do álcool. Laura procurava identificar nela algum sinal da mulher intensa do passado, que conseguia contagiar com sua energia qualquer ambiente, até mesmo os frequentados por entristecidos exilados. Procurou em vão.

Lucía já começava a ficar impaciente com o rumo – ou melhor, falta de rumo – que a conversa estava tomando. Decidiu interferir, ao menos para tentar compreender um pouco melhor o terreno, uma vez que Laura estava visivelmente condoída com o sofrimento de Ana Maria.

— Você e seu marido deviam ser muito unidos — disse Lucía.

Ana Maria a olhou com ar de curiosidade, como se tentasse entender o que aquilo significava. Limitou-se a responder:

— Sempre fomos muito amigos.

O encontro transcorria com mais momentos de silêncio, em que Laura e Ana Maria se olhavam com grande carinho, do que de diálogos. Tantos assuntos para abordar, tantas perguntas que gostariam de fazer uma à outra, mas não conseguiam formular frases que permitissem aproximar, ao menos minimamente, as trajetórias que haviam se distanciado muitos anos antes.

A sintonia entre Laura e Lucía prescindia das palavras. Sem se falarem, quase ao mesmo tempo concluíram que a presença de Lucía dificultaria qualquer tentativa de conduzir a conversa para o objetivo que pretendiam.

— Querida — disse Laura — nós precisamos ir porque temos um encontro com uns amigos. Amanhã gostaria de te convidar para almoçar. Infelizmente Lucía já tem outro compromisso, mas se você não tiver nada mais animador do que comer com esta uruguaia intrometida, terei um prazer enorme em te encontrar.

Ana Maria aceitou com um leve balanço de cabeça. Tão sutil, que Laura ficou em dúvida. E insistiu:

— Que tal?

— Vamos, sim. Será um prazer.

Combinaram que no dia seguinte Ana Maria a buscaria no hotel onde estavam hospedadas e de lá iriam a um restaurante em Pinheiros, com ótima comida e um ambiente tranquilo. Ao saírem, as duas permaneceram em silêncio por algum tempo, até que Lucía perguntou, num tom jocoso que não combinava com aquele momento emotivo:

— Laura, nunca mais vamos falar?

As duas haviam ficado em dúvida se a tristeza de

Ana Maria havia sido motivada pela morte do marido. Ter dito que eram muito amigos pareceu-lhes não ser a melhor maneira de descrever uma relação.

— Amizade é, sem dúvida, um sentimento forte, mas ao se falar de alguém que já não está eu esperava uma definição mais forte, do tipo "ele foi o homem da minha vida" — observou Lucía. Seria Sebastián o motivo daquele pesar?

— Se for isso, quanta mágoa deixou essa paixão! — acrescentou Laura.

Lucía concordou. E aproveitou para provocar a sua amiga.

— Laura, por que você decidiu me excluir do almoço? — perguntou, fingindo-se ofendida.

Laura não percebeu que se tratava de zombaria e começou a responder:

— Nada disso, querida, acontece...

Lucía começou a rir, tomou Laura pelo braço e comentou:

— Incrível como sempre estamos afinadas. Quando você teve a ideia de me excluir eu estava pensando exatamente que a minha presença atrapalhava a conversa.

Tomaram um táxi rumo ao hotel e passaram o percurso em silêncio. "O sofrimento a transformou numa pessoa oposta ao que era. Como a paixão pode ser tão destrutiva", pensava Laura no caminho. Não havia qualquer semelhança entre a mulher forte, extrovertida, à frente de seu tempo que ela conhecera em Madri e essa pessoa amargurada que reencontrara naquele dia. Como se ela tivesse capitulado diante da tristeza e se resignasse a apenas seguir vivendo, até que seu fim chegasse.

Ao final da tarde se encontraram no *lobby* do hotel para beber alguma coisa antes do jantar. Queriam pensar juntas na estratégia que Laura utilizaria para levar a conversa na direção que desejavam. Já que estavam no Brasil, resolveram beber caipirinha.

— Em Roma aja como os romanos — proclamou Lucía.

Pensaram em várias abordagens. A primeira, logo descartada, era que Laura fosse direto ao ponto, contasse sobre a biografia que estava sendo escrita e que Sebastián acabou revelando à autora seu caso com Ana Maria e o consequente nascimento do filho. Imaginaram também que seria um bom começo tocar sutilmente no tema "Sebastián", assim Laura teria condições de observar a reação de Ana Maria à menção do nome. Se ela se mostrasse irritada, poderia recuar antes de investir na revelação sobre o livro.

Pediram mais duas caipirinhas e à medida que o álcool lhes subia à cabeça foi ficando mais difícil pensar em alguma estratégia minimamente viável. Na manhã seguinte as duas acordaram com uma forte ressaca e sem disposição para conversar. Resolveram que cada uma tomaria o café em seu quarto e se encontrariam uma hora antes da saída de Laura para tentarem achar uma linha para a conversa. Na hora marcada, Laura interfonou a Lucía e disse que preferia ir sem se preparar. Confiava muito em seu instinto e habilidade para conduzir conversas delicadas. Se fosse muito ensaiada perderia sua naturalidade.

— Confia em mim e reza por nós — pediu, ao encerrar a ligação.

O restaurante era um pequeno bistrô, frequentado principalmente por jovens e bem-sucedidos profissionais da região. A decoração era simples, mas de muito bom gosto, e os garçons, atenciosos na medida certa, equilibrando simpatia e discrição. De cara Laura gostou muito da escolha de Ana Maria.

— Saio muito pouco, mas quando almoço fora, gosto de vir aqui. Ninguém se importa se venho sozinha e os garçons ficam a uma distância que me agrada — comentou Ana Maria quando se sentaram.

Ainda sem ter ideia sobre a melhor maneira de iniciar a conversa, Laura deu livre vazão à intuição e seu primeiro comentário foi sobre o falecido marido.

— Fiquei muito sentida com a morte do José Luiz. Eu tinha um grande carinho e admiração por ele — disse Laura. — Imagino como deve ter sido para você suportar essa perda — completou.

Ana Maria ficou algum tempo calada, pensativa.

— Se você não quiser falar sobre isso, querida, eu te entendo — falou Laura, procurando oferecer-lhe uma saída para o que entendeu ser uma lembrança doída.

— Eu perdi meu melhor amigo, o ser humano mais bondoso que conheci e com quem tive o prazer de conviver intimamente por mais de cinco décadas — começou a falar Ana Maria, de repente. E, para surpresa de Laura, prosseguiu:

— Mas, como você bem sabe, não foi o homem da minha vida.

Laura notou que a brasileira estava disposta a expor seu íntimo, talvez liberar mágoas e sentimentos represados por muitos anos e que não queria expor para seu círculo de familiares e amigos. E como adepta do diálogo franco, sem floreios e meias-palavras, sentiu-se muito à vontade para prosseguir nessa linha.

— Querida, eu sei o quanto Sebastián foi importante para você — comentou Laura, compreensiva.

— Sebastián tem uma parte da responsabilidade

por isso, mas José Luiz tem, também, uma parcela considerável. Ele era gay e por isso jamais poderia ser o homem da minha vida —disparou Ana Maria.

Laura, que tomava água tônica para tentar superar o enjoo provocado pelas caipirinhas, engasgou. Por ser uma mulher de idade, dois garçons se aproximaram solícitos e preocupados.

— Estou bem, obrigada, estou bem — disse, gesticulando com a mão em agradecimento pela atenção.

A partir daí a conversa foi um monólogo. As revelações eram tão surpreendentes que por diversas vezes Laura esfregava as mãos no rosto para se certificar se a embriaguez da véspera havia mesmo passado.

Voltando ao início da década de 60, Ana Maria contou que ela e José Luiz eram colegas na faculdade de Direito. Desde o primeiro semestre ficaram muito amigos, apesar da distância social e econômica que havia entre os dois. Ela, nascida no interior de São Paulo, trabalhava para se manter a duras penas. Ele, ao contrário, era herdeiro de um conglomerado empresarial, que incluía indústrias, fazendas e participação em instituições financeiras.

Com o tempo, foram ficando cada vez mais próximos. Estudavam juntos, dividiam livros – que Ana Maria não podia comprar – e confidências. Além de muito rica, a família de José Luiz era tradicional e seus pais, embora sempre desconfiassem de quem se aproximava do filho com receio de ser por interesse, simpatizavam com Ana Maria. Viam nela uma jovem animada e divertida e gostavam da ideia de que talvez fossem namorados. Os pais de José Luiz desconfiavam – sem nunca terem tocado no assunto abertamente – que talvez o filho fosse homossexual. Isso seria um escândalo na sociedade.

— Na época, a homossexualidade era quase um crime, uma doença — comentou Ana Maria.

Os dois decidiram fazer disso uma brincadeira. Fingiam que eram namorados, andavam sempre de mãos dadas e passavam os fins de semana juntos, ouvindo música e conversando sobre os mais gatos da faculdade.

Quando os militares brasileiros deram o golpe, em 1964, Ana Maria e José Luiz descobriram que tinham mais um ponto importante em comum, que os uniria de forma ainda mais forte: aversão à ditadura. Passaram a fazer parte do movimento estudantil e se engajaram em grupos trotskistas. Talvez protegido pelo sobrenome ou por propinas que o pai destinava a poderosos militares, José Luiz nunca foi importunado. Ana Maria, porém, foi perseguida e detida na sede do Departamento de Ordem Política e Social, o temido DOPS, de onde as pessoas, quando saíam com vida, carregavam sequelas físicas e psicológicas que as acompanhariam por muitos anos, alguns por toda a vida. José Luiz ficou desesperado e com a ajuda do pai conseguiu que a soltassem depois de um dia, tempo suficiente para passar por interrogatórios e seções de tortura que ela preferia esquecer.

Depois dessa rápida detenção, tiveram a ideia de se casar. Seria apenas uma união de caráter legal, claro, mas que traria benefícios para os dois. Da parte dela, passaria a carregar o sobrenome da família e, consequentemente, certa imunidade. Para ele, seria um álibi contra comentários que circulavam na sociedade dando conta de seu "desvio de conduta", como as pessoas "de bem" se referiam à homossexualidade. Os pais sonhavam em fazer uma cerimônia de luxo. Afinal, seria uma reposta a quem desconfiava da masculinidade do filho e, tão importante ou mais do que isso, ostentar a riqueza da família. José Luiz, entretanto, conseguiu convencer os pais que preferiam uma festa mais íntima:

— O momento não é propício para grandes comemorações — argumentou.

Casado, José Luiz passou a trabalhar na empresa da família. Por ser filho único estava sendo preparado para comandar o conglomerado quando o pai se aposentasse. Tudo aquilo lhe provocava um enorme tédio, mas conseguia fingir interesse. De dia era um atento aprendiz de herdeiro, mas à noite participava de reuniões políticas com Ana Maria. Com o dinheiro que recebia da empresa custeava a publicação de jornais de oposição ao regime e ajudava a manter alguns perseguidos políticos que precisavam viver na clandestinidade.

Seu pai tinha contato com militares de alta patente e por intermédio de um deles soube que a nora estava na mira da polícia política. Havia sido identificada como líder de uma célula que se preparava para cometer algum ato contra o regime. Não sabiam qual. Naquela época qualquer suspeita já era motivo para perseguição, prisão, tortura e, até, desaparecimento. Não precisava ser confirmada. Eles preferiam pecar por excesso do que por negligência. O pai de José Luiz ficou muito preocupado.

Apesar de discordar das ideias do casal, o pai tinha um afeto muito grande pela nora e não aceitaria que lhe acontecesse alguma coisa. Em conversa com o filho, decidiram que os dois viajariam para a Espanha, onde a empresa tinha um escritório de representação. O pai de José Luiz se encarregaria de que os dois deixassem o país sem serem incomodados. Vários militares que ocupavam postos elevados na hierarquia deviam-lhe favores. Assim, num dia chuvoso de dezembro de 1968 rumaram para Madri. Ana Maria, que era classificada como "elemento de alta periculosidade", retornou somente em 1985, quando formalmente se encerrou o ciclo dos militares. José Luiz, amparado pelo sobrenome e pelo respeito que o pai gozava junto aos governantes, voltou algumas vezes ao Brasil, sempre com o compromisso de evitar qualquer contato com pessoas da oposição. Suas eventuais viagens ao país tinham como pretexto participar de reuniões do conselho do conglomerado.

— Laura, se eu estiver te cansando com as minhas recordações me avisa — disse Ana Maria.

— Ao contrário, querida, quero saber de todos os detalhes que você quiser me contar — respondeu.

Observando que quase não haviam mexido na comida, Ana Maria sugeriu irem à casa dela – que era próxima ao restaurante — para tomar café e continuar a conversa. Decidiram voltar caminhando e por todo o percurso permaneceram de braços dados.

Laura ficou intrigada com um detalhe e perguntou à amiga por que, tendo sidos tão próximos nos tempos de Madri, não haviam contado a ela e Sebastián sobre o casamento arranjado.

— Pelo menos entre nós vocês poderiam ficar à vontade — disse Laura.

Imaginou que se houvessem revelado o segredo, talvez o caso entre Ana Maria e Sebastián tivesse tomado outro rumo.

— Fizemos um acordo de silêncio. Se abríssemos a história para alguém, correríamos o risco de perder o controle sobre ela — explicou Ana Maria. Além disso, boa parte da esquerda àquela época também era conservadora nos costumes e preconceituosa em relação à homossexualidade.

Quando chegaram à casa de Ana Maria, enquanto tomavam café Laura perguntou se nem mesmo para Sebastián havia confidenciado aquele arranjo. Ela sabia a resposta, mas achou que seria a maneira mais sutil de introduzir Sebastián na história.

— Não contamos a ninguém. Você é a primeira pessoa a saber, além do meu filho — revelou Ana Maria. Laura por pouco não derrubou a xícara.

— Teu filho? — indagou, sem conseguir disfarçar a surpresa.

— Eu vou chegar lá, Laura. Mas antes quero te dar todos os elementos para que você entenda nossa história. Eu guardei dentro de mim muitas amarguras, muito rancor. A dor me transformou em outra pessoa. E a tua vinda, vejo agora, está me servindo para dividir esses sentimentos represados com alguém que prezo muito — mais do que imaginava até te rever — e sei que não vai me julgar.

Conhecer Laura e Sebastián foi para os brasileiros uma injeção de oxigênio em suas vidas. Os dois estavam em Madri já havia algum tempo, tinham contato com muitos exilados de países sul-americanos, principalmente do Brasil, mas não se sentiam úteis na pretendida luta contra as ditaduras. Participavam de reuniões, elaboravam documentos, abrigavam exilados, mas todas essas ações descoordenadas não davam vazão à revolta e à necessidade de fazer alguma coisa útil que sentiam por dentro.

O projeto de publicarem o boletim, depois tabloide, com notícias e análises sobre o que ocorria do outro lado do mundo deu aos dois um novo ânimo e a convicção de que estariam trabalhando objetivamente pela causa.

— Quando estamos impotentes para mudar uma situação, a sensação de que estamos fazendo alguma coisa, por menor que seja, nos ajuda a aliviar a consciência — disse Ana Maria.

Além da possibilidade de criar uma publicação que

daria voz a opositores dos regimes militares, pesou também para o entusiasmo de Ana Maria a imediata atração que sentiu por Sebastián, a ponto de José Luiz chegar a encenar uma cena de ciúme.

— Espero que você não me troque por ele — disse o marido, ao notar a maneira como Ana Maria observava o escritor uruguaio quando ele estava ocupado com algum texto.

Apesar de ser um casal nada convencional, havia entre os dois uma cumplicidade total e ambos conseguiam interpretar os sentimentos do outro apenas observando a expressão.

No início, Ana Maria procurava disfarçar essa queda por Sebastián. Como formalmente era casada, não queria que ele a confundisse com uma mulher aventureira. Por ser comunicativa, naturalmente insinuante e se vestir de maneira moderna para a época – saias curtas, blusas decotadas e geralmente sem sutiã –, Sebastián poderia fazer um julgamento equivocado. Além disso, sabia da fama de conquistador do uruguaio e não estava disposta a se tornar mais um de seus troféus.

Pesou, também, sua falta de experiência em romances extraconjugais. Embora o casamento fosse uma farsa, os dois se empenhavam, sem qualquer combinação prévia ou cobrança mútua, em se manterem fiéis. Sem perceber, porém, Sebastián foi invadindo seus sonhos, seus pensamentos e nunca soube se foi uma ação planejada por ele ou uma armadilha que o seu próprio desejo lhe colocou no caminho. Para tentar descobrir se da parte dele havia também algum interesse, decidiu aproveitar o calor do verão madrilenho para vestir algumas roupas mais ousadas. Certo dia, quando estavam reunidos em torno dos preparativos da edição seguinte, notou por acaso que Sebastián a observava com atenção, mais especificamente a parte de trás de seu corpo. Ela sabia que esse lado da anatomia feminina fazia muito sucesso entre os brasileiros, mas não imaginava que também os homens de outros países tivessem essa predileção. Além disso, tinha consciência de que sua bunda era, por assim dizer, plasticamente mediana. Nada de despertar muita atenção.

 Laura, lembrando-se claramente daquele dia, quase esclareceu que Sebastián havia se encantado por suas costas, mas achou prudente ficar calada. Quanto menos Ana Maria soubesse que entre ela e Sebastián quase não havia segredos, tanto melhor. A partir desse dia começou um sutil jogo de sedução, em que os dois almejavam a mesma coisa, mas, cada um por suas razões, demoraram a expor seus desejos. Ana Maria conhecia a fama de sedutor de Sebastián e imaginou que ele iria abordá-la em pouco tempo. Sebastián era um conquistador contumaz, mas respeitava – até então – a regra número um da ética dos mulherengos: se afastar das mulheres dos amigos, por mais insinuantes e desejadas que fossem. Por isso, concluiu que se não fosse mais direta na exposição de suas intenções eles jamais passariam dessa fase de flerte.

 Laura procurava manter seu ar de surpresa, embora conhecesse bem toda a história. Ela gostaria, mesmo, que Ana Maria fosse direto para os trechos guardados por tanto tempo, mas achou melhor deixar que ela prosseguisse em seu ritmo. Sentia que revelar os detalhes faria muito bem para Ana Maria.

 A brasileira contou sobre os encontros no hotel de Madri, os momentos ardentes passados lá quando José Luiz viajou ao Brasil e a intimidade que foram construindo.

 — Não tive dúvida de que era o homem da minha

vida. Ele tinha tudo o que eu admirava e desejava: inteligência, humor refinado, simplicidade rebuscada, desapego pelos bens materiais, displicente charme no jeito de se vestir e, claro, fervor na cama — disse Ana Maria.

Para ela, estavam vivendo uma história de amor perfeita, temperada por ingredientes de heroísmo e destemor que a condição de exilados lhes concedia. Comprovavam, na prática, que revolução e desejo eram perfeitamente compatíveis, diferentemente do que muitos na esquerda advogavam. Imaginava-se envelhecendo ao lado dele, morando entre Brasil e Uruguai quando os militares deixassem o poder. Quem sabe Uruguai no verão e Brasil no inverno. Ela havia visitado Montevidéu num mês de julho e sentira mais frio do que na Europa.

Viveram essa ardente paixão durante alguns meses até que... engravidou. A primeira pessoa a saber da gravidez foi seu marido, que, claro, tinha conhecimento sobre o romance que estava vivendo com Sebastián. José Luiz ficou muito feliz com a notícia. Finalmente ela viveria um amor de verdade, merecido. E não poderia ser com uma pessoa melhor.

Os dois passaram a arquitetar um plano para terminar o casamento sem que os pais de José Luiz soubessem os reais motivos e sem que se espalhasse a verdade sobre a farsa da relação entre os dois. Assim Ana Maria e Sebastián poderiam revelar publicamente a relação e a chegada de um filho. José Luiz, que estava assumindo crescentes responsabilidades no grupo empresarial da família, começava a pensar em voltar ao Brasil. O maior obstáculo era justamente Ana Maria, por estar fichada na polícia política como inimiga do regime. Se tentasse entrar no país certamente seria presa.

Tiveram, então, a ideia de fingir uma separação, alegando que tinham objetivos incompatíveis: ele insistiria em voltar e ela alegaria não querer se afastar dos exilados com quem convivia na Espanha. Para dar ainda mais veracidade, explicaria aos pais que as ideias políticas dos dois já não eram tão afinadas. Diria, também, que a proposta da separação havia partido dele, o que tornaria mais fácil convencer o pai a pagar uma pensão a Ana Maria.

Para que também Laura e Sebastián acreditassem nessa história, diria que precisava voltar ao Brasil, mas que manteria o financiamento do tabloide. E quando Ana Maria contasse a Sebastián que estava grávida de um filho dele, revelaria que estava se separando de José Luiz e poderiam viver a paixão sem qualquer obstáculo. Um plano perfeito que só poderia ter saído da mente estratégica de José Luiz.

— E onde essa história se perdeu? — indagou Laura.

— Quando contei a Sebastián sobre a gravidez, a reação dele me desmontou. Não mostrou qualquer entusiasmo e se limitou a dizer que deveríamos pensar melhor. É a típica resposta que os homens dão quando querem se livrar de uma situação incômoda — disse Ana Maria.

— E por que você não revelou que já haviam acertado a separação? — insistiu Laura.

Ana Maria explicou que esperava de Sebastián a mesma felicidade que ela havia sentido ao saber da gravidez. Não aquela indiferença, aquela demonstração de frieza e de egoísmo. Até José Luiz se emocionara quando soube. Percebeu que existia um abismo de expectativas entre os dois. Para ela, era um amor para a vida inteira. Para ele, mais uma aventura passageira. Por isso, saiu do quarto e se afastou de Sebastián para sempre.

— Você nunca mais soube dele? — perguntou Laura para estimular que ela prosseguisse, mesmo sabendo qual seria a resposta.

Ana Maria contou que, amante dos livros, assinava uma revista de literatura chamada Escrita. Para sua surpresa, um tempo atrás, talvez um ano ou um ano e pouco, a reportagem de capa da revista era sobre Sebastián. Ela leu a matéria mais de uma vez e sempre era invadida por um turbilhão de sentimentos. Embora tivesse alimentado ao longo dos anos um desprezo enorme por ele, talvez para bloquear qualquer resquício da paixão ainda existente em algum recôndito esconderijo de suas emoções, passava horas seguidas contemplando a foto da capa, como se fosse hipnotizada pelo olhar profundo, sedutor, desafiador que aquele homem de mais de 85 anos ainda ostentava. E sempre que lia a reportagem, tinha crises incontroláveis de choro.

Quando se refazia de um desses acessos de choro seu filho entrou na sala e, observando a foto da capa da revista, perguntou:

— É ele?

Laura se recostou na cadeira e respirou fundo, como se tantas confidências não coubessem em sua cabeça.

— Como assim? O que ele quis dizer com essa pergunta? — indagou Laura, quase explodindo de curiosidade.

Antes de responder, Ana Maria descreveu seu filho. Era uma pessoa amorosa, sensível, perspicaz e autêntica. Apesar de muito educado, sua sinceridade muitas vezes era confundida com grosseria e somente quem o conhecia bem entendia que era uma virtude e não uma falha.

— Na adolescência, durante um almoço de domingo, ele nos perguntou, sem qualquer introdução ao tema, se nós havíamos feito sexo alguma vez. Nossos almoços sempre eram animados pelas conversas entre os dois. A maior parte do tempo eu ficava calada, apenas ouvindo — contou Ana Maria.

Dessa vez, o silêncio caiu como um bloco de concreto. O filho notou o constrangimento dos pais e se adiantou a explicar o porquê da pergunta. Com sua peculiar objetividade, explicou que não tinha dúvida sobre a homossexualidade do pai e desde que sua memória mantinha registros claros, nunca havia visto os pais dividirem o quarto. Não se surpreenderia, portanto, se os dois se abstivessem de manter relações sexuais. José Luiz, sempre equilibrado em situações delicadas, argumentou que esse não era um tema para ser tratado durante uma refeição, mas para que ele não ficasse alimentando essas ideias, eles tinham uma vida conjugal muito melhor do que a de muitos casais que dividiam o quarto.

— Quanto à aparente homossexualidade, muitas vezes um homem educado e civilizado é confundido com afeminado — acrescentou José Luiz, sugerindo que a conversa se encerrasse ali.

Ana Maria contou, também, que a relação entre os dois era de muito afeto e companheirismo. José Luiz o amava como se fosse, de fato, seu filho, o que comprovava mais uma vez a generosidade do marido. A conversa daquele domingo permaneceu adormecida durante muitos anos, até poucas semanas depois da morte de José Luiz. Ela e o filho sofreram tanto com a perda que decidiram passar um tempo na fazenda da família para viverem o luto amparados um no outro. Quando os dois começaram a aceitar mais naturalmente a morte, o filho voltou ao tema do distante almoço dominical.

— Mãe, chegou a hora de eu saber de onde venho. Não vou amar vocês nem um milímetro a menos se me contar que fui adotado — disse.

Ana Maria achou tão descabida a suspeita da adoção que deixou escapar um riso, reação rara naquele período de recolhimento.

— Biologicamente, você é filho só meu, mas não há homem no mundo que pudesse ter sido um pai melhor para você do que ele foi — explicou.

A conversa se arrastou noite adentro. Ela contou sobre o pacto que havia feito com José Luiz de manterem um casamento de fachada. Durante as décadas de convivência, foram cúmplices e amigos. No período em que viveram em Madri, contou, havia se relacionado com um escritor uruguaio por quem se apaixonara, de quem engravidou mas que não estava interessado em ser pai. Sem entrar em detalhes, disse que José Luiz prontamente concordou em assumir formalmente a paternidade. Ele levou tão a sério o compromisso, que diversas vezes Ana Maria identificava no filho traços e gestos de incrível semelhança com o "pai".

— E quem é meu pai legítimo? — indagou, depois de ouvir atentamente toda a história.

— Prefiro não te dizer. É uma pessoa que me decepcionou muito e travei uma luta interna muito grande para excluí-lo da minha vida. Tinha enorme admiração por ele, mas se revelou um ser desprezível. Mais uma vez, sem a ajuda do teu pai provavelmente não teria conseguido superar essa desilusão. A maior da minha vida — contou.

De volta à reportagem da Escrita, antes de entrar na sala onde a mãe ainda chorava com um exemplar da revista nas mãos, o filho a havia observado em silêncio durante um bom tempo. Notou a atenção com que lia cada parágrafo e a maneira como fitava a foto que ocupava quase toda a capa, ora com um olhar melancólico, ora irado, até cair no choro. Essa reação foi interpretada por ele como um sinal de que deveria entrar na sala e interromper aquele sofrimento. "O que será que provocava tanta dor na mãe?", pensava ele, conforme lhe contou mais tarde. E ao reconhecer no retrato da revista o escritor uruguaio de quem seu pai sempre falava, toda a história lhe fez sentido.

— É ele? — perguntou, procurando apenas uma confirmação.

Não havia qualquer cobrança no tom de suas palavras. Apenas uma imensa curiosidade. Ela se limitou a assentir com a cabeça, sem ter forças para fazer qualquer outro comentário.

Ana Maria falava sem olhar para Laura. Fixava a vista na janela, como se relembrasse cada instante daquela história em voz alta. Se por um momento tivesse observado a reação de Laura, teria percebido que ela estava tomada de tamanha emoção, que não conseguia conter as lágrimas. Justamente a Laura, sempre tão firme e segura.

— Foi assim — disse Ana Maria.

Antes de encerrar o relato comentou que ao ler a reportagem pela enésima vez resolveu escrever para a revista um bilhete cifrado, que se chegasse às mãos de Sebastián certamente ele saberia identificar a autoria.

— Depois me arrependi de ter enviado, mas já era tarde — disse.

Laura enxugou os olhos, assoou o nariz o mais discretamente que conseguiu e sentou-se no sofá ao lado de Ana Maria. Não sabia o que falar e nem cabiam palavras. Limitou-se a abraçá-la e aproximar suavemente a cabeça da brasileira na direção de seu ombro. E assim ficaram por muito tempo, num silêncio apenas interrompido por soluços de choro contido, ora de uma, ora da outra.

Laura e Lucía se apressaram para deixar o aeroporto de Carrasco. Queriam contar logo em detalhes a Sebastián a história narrada por Ana Maria. Quando chegaram, Elvira e Ernesto também estavam lá. Lucía ficou feliz ao ver o amigo portenho.

— A que se deve tamanha honra? — perguntou a Ernesto, dando-lhe um abraço apertado e carinhoso.

— Fui convidado para um recital no Solis e resolvi passar aqui, para ver se a nata da humanidade me permitiria compartilhar com ela alguns momentos — respondeu Ernesto, com a mesma formalidade irônica.

De fato, tinha ido a Montevidéu para o recital, mas esse fora apenas um pretexto para se encontrar com Elvira. Na última conversa entre os dois, notara que ela estava muito ansiosa para saber o resultado da conversa que Laura e Lucía teriam com a brasileira e, em conchavo com Lucía, decidiram que seria prudente sua permanência por alguns dias em Montevidéu para ajudar a tranquilizar a amiga.

Ao ver Laura entrar na sala, Sebastián se levantou visivelmente emocionado. Eles se encontravam com certa frequência, sempre que Laura visitava o Uruguai. Mas com o passar do tempo, parecia que os dois sentiam que cada encontro poderia ser o último. Sebastián abraçou a amiga de décadas e, num gesto que marcava todos os abraços entre eles, posou a mão na bunda dela, acariciando-a levemente. Laura retribuiu o atrevimento com o suave beijo nos lábios. Depois de tantos anos, ambos passados dos 80, ainda mantinham a insolência, mais por hábito que por desejo.

Elvira observou a cena atentamente. Era como se pudesse testemunhar ao vivo a história que até aquele momento conhecia apenas pela narrativa de Sebastián e pelo material de arquivo. Saboreava intensamente cada gesto e cada palavra entre os dois.

— Você continua o atrevido de sempre, Sebastián — disparou Laura, fingindo-se ofendida.

— E tuas nádegas parecem vinho tinto; com o tempo só melhoram — devolveu Sebastián também com ironia.

Os dois caminharam de mãos dadas até o sofá e sentaram-se lado a lado. Sebastián apontou para Elvira e Ernesto para apresentá-los.

— Elvira é a fiel depositária da minha história — disse.

Laura a cumprimentou mandando-lhe um beijo e elogiou a reportagem que havia publicado na revista.

— E Ernesto é um presente maravilhoso que a Elvira nos trouxe avulso — completou.

Ernesto limitou-se a sorrir e agradecer com um gesto contido. Sua vontade, entretanto, era explodir num choro de emoção. Esforçou-se para manter o equilíbrio e, polido, inclinou a cabeça respondendo com um formal 'mucho gusto'.

Sebastián estava impaciente para saber como havia sido a conversa com Ana Maria. Ele havia falado com a sobrinha várias vezes por telefone. Lucía apenas adiantara que havia corrido bem, mas os detalhes seriam dados pessoalmente. Era uma história demasiadamente enredada, cheia de minúcias para ser contada por telefone. Bem mais surpreendente do que imaginavam.

Laura, por razões óbvias, se encarregou de narrar o que a brasileira lhe havia revelado. Todos permaneceram em silêncio até o final, sem interromper para perguntas. Laura tinha o dom de contar histórias e sempre se antecipava para esclarecer as dúvidas que, sabia, pairavam sobre seus ouvintes. Por isso, falou para uma atenta plateia por cerca de meia hora. Ao final, todos ficaram em silêncio, cada um fazendo suas elucubrações e digerindo a seu modo o que acabara de ouvir. Coube a Lucía, como sempre, trazer as pessoas de volta ao mundo real.

— Bom, se pensarmos no objetivo da nossa missão a São Paulo, podemos ficar satisfeitos com o sucesso da expedição e continuar com o livro sem qualquer receio de surpreender ou magoar alguém... além do que esse alguém já está magoado — disse, dirigindo o olhar para Sebastián.

Ele quis saber se chegaram a falar com ela sobre a biografia. Laura comentou que havia pensado em dar essa informação, mas depois que a brasileira encerrou seu relato não havia clima para esticar o assunto. Além disso, ela e Lucía acharam desnecessário tocar no assunto, pois o receio de que o filho descobrisse que o empresário brasileiro não era seu pai inexistia. Sebastián concordou com a cabeça, ainda abalado com o relato de Laura.

Na cabeça de Elvira passavam várias perguntas que gostaria de fazer a Sebastián quando continuassem a entrevista. "Se soubesse da separação do casal brasileiro teria aceitado a paternidade?", "Sentia agora vontade de procurar Ana Maria e se desculpar com ela?", "Gostaria de ter algum tipo de relação com o filho?". Inúmeras dúvidas emergiram, mas não tinha claro se seriam úteis para seu trabalho biográfico ou era apenas curiosidade pessoal. Precisava conversar depois com Ernesto para que a ajudasse a clarear seus pensamentos.

Laura, que a exemplo de Lucía era adepta da racionalidade, sugeriu que espantassem aquele clima fúnebre e fizessem um brinde.

— Vamos festejar a amizade — sugeriu.

Rodolfo voltou pouco depois carregando uma bandeja com seis taças e uma garrafa de espumante.

— Ernesto, peço que você conduza o brinde — sugeriu Lucía.

— 'Por que el amor cuando no muere mata...' — declamou.

Todos brindaram e repetiram a frase, à exceção de Elvira e de Sebastián. Elvira olhou para Ernesto com cara de interrogação e seu amigo lhe disse baixinho:

— Joaquín Sabina, lembra dele?

Elvira concordou com a cabeça, mas não recordava daquele verso.

Sebastián se manteve calado, pensativo. Ainda estava digerindo a história. "Quanta coisa deve estar passando pela cabeça dele", pensou Elvira ao observar o silêncio do escritor.

O espumante ajudou a aliviar a carga de emoção que tomou conta do ambiente. Lucía sugeriu que a próxima taça fosse tomada à mesa. Haviam contratado um churrasqueiro para preparar um típico 'asado' uruguaio e àquela altura todos estavam famintos. Laura e Lucía estavam curiosas para saber de Elvira como era possível viver numa cidade tão barulhenta e nervosa como São Paulo.

— Perto de São Paulo, Madri parece cidade do interior — comentou Laura.

Elvira explicou que quem mora em São Paulo acaba se acostumando à agitação da cidade. Ela só percebe como é caótica ao voltar de Montevidéu ou quando vai visitar seus pais, no interior do Estado. Provavelmente, na opinião dela, seja a tendência natural das pessoas de se acostumarem a viver em situações adversas, por uma questão de sobrevivência.

— O pior — disse Elvira — é que com o tempo não só nos habituamos com o ritmo louco, como passamos a gostar de viver em São Paulo. Uma característica de quem mora lá é falar sempre mal, mas não trocar a cidade por nenhuma outra para viver.

Sebastián, normalmente extrovertido e falante, permanecia quieto. Elvira o observava discretamente tentando desvendar seus pensamentos. Estaria se sentindo culpado? Arrependido? Ernesto também notava o comportamento de Sebastián, mas com seu jeito teatral fingiu nem perceber que o pensamento de Sebastián estava longe daquele grupo. Piscou sutilmente para Lucía, como se pedisse sua cumplicidade, e foi aprovado por uma piscada igualmente discreta, porém carregada de expectativa. "O que será que ele vai aprontar?", pensou Lucía.

— Na condição de conselheiro da Elvira para assuntos literários e existenciais, gostaria de fazer aqui um *mea culpa*. Quando ela foi convidada para escrever a biografia de ninguém menos do que Sebastián Fructuoso Milies tive muitas dúvidas se ela conseguiria realizar essa nobre e desafiadora missão. Não por falta de competência profissional ou capacidade intelectual, mas por duas características que a acompanham desde sempre: a insegurança e o perfeccionismo. E hoje, tendo sido um observador privilegiado de seu trabalho, estou convicto de que não há pessoa mais adequada para escrever essa biografia e não há ninguém que mereça ser objeto de uma biografia escrita por ela quanto nosso Sebastián. Em resumo, gostaria de fazer um brinde especial a Elvira e Sebastián. Vocês dois se merecem.

Já um tanto embalados pelas várias garrafas de vinho, todos brindaram com emoção. Sebastián e Elvira, sentados lado a lado, bateram as taças e se encararam carinhosamente por algum tempo. E apontando a taça para Ernesto, Sebastián, emergindo de seu silêncio, respondeu:

— Querido Ernesto, tenho pra mim que os *gays* são uma evolução da raça humana. Vocês conciliam as principais qualidades dos homens e das mulheres. São determinados e intuitivos como as mulheres e eternamente adolescentes como os homens. Só um *gay* poderia ter sensibilidade para notar o quanto nos merecemos. Não terei o prazer de ler o resultado do trabalho desta jovem, pois a liberdade de escrever uma biografia honesta somente pode ser exercida quando o biografado não está mais aqui para interferir, mesmo que seja apenas com a sua existência, mas confesso que estou plenamente satisfeito. Não me vejo abrindo o coração e revelando meus segredos a outra pessoa. Com seu jeito meigo e gentil, ela conseguiu extrair histórias do meu passado que nem eu mesmo lembrava terem ocorrido, por esquecimento ou pelo desejo inconsciente de apagá-las. Mas hoje, graças a esta encantadora menina, eu me sinto mais leve por ter me desfeito de tamanho fardo e sei que essa carga está nas melhores mãos possíveis. Obrigado, querida Elvira, minha história a partir de agora é de tua propriedade.

Em seguida, Sebastián pediu que ela se levantasse e lhe deu um demorado abraço. Elvira entendeu que todos aguardavam alguma palavra sua. Sentiu um frio no estômago, mas aceitou falar.

— Não sei me expressar muito bem verbalmente. Sou mais da escrita. Mas na companhia de vocês, por quem tenho um carinho enorme e, claro, auxiliada pelo álcool, vou me arriscar a falar. Primeiro, quero agradecer a confiança que depositaram em mim, muito maior do que eu mesma tinha ao aceitar levar adiante este projeto. A Ernesto e Lucía, agradeço especialmente a paciência e os conselhos que foram fundamentais para lidar com os vários momentos de insegurança por que passei. Não foram poucas as vezes em que pensei em desistir e se não fosse por vocês dois, certamente teria abandonado o barco nas primeiras ondulações. A Rodolfo, pelo carinho, por todo o apoio logístico e pelos vários conselhos e dicas que me deu quando estávamos a sós. Laura, foi um prazer enorme te conhecer pessoalmente. A tua amizade com Sebastián com certeza será um dos fios condutores do que vou escrever. Conhecer você pessoalmente vai me permitir visualizar com muito mais realismo toda a história. Sebastián, espero estar à altura de colocar no papel a tua biografia, com toda a riqueza, conquistas e fraquezas que te fazem esse ser humano incrível, único. Sinto que hoje sei mais de você do que de mim mesma. Vou encerrar minha fala com uma confissão, mas antes preciso tomar mais um pouco de vinho.

Rodolfo encheu a taça, que Elvira virou de um só gole. Depois, olhando fundo nos olhos de Sebastián, disse:

— Gostaria de ter acompanhado a tua história pessoalmente e não a partir de relatos e recortes de jornal. Fico honrada por ter sido convidada a ser tua biógrafa, mas preferiria um milhão de vezes ter feito parte de tua trajetória. Minha vida teria valido muito mais a pena.

Novamente ela e Sebastián se miraram em silêncio por um tempo. Coube a Ernesto, mais uma vez, interromper o clima melancólico.

— Elvira, para quem diz não ter o dom da fala, você se saiu muito bem. Tenho a impressão de que se preparou para este momento. Não pode ter sido de improviso.

Aquele almoço marcou o encerramento das entrevistas. Pelo cronograma de Elvira, naquela visita ao Uruguai encerravam-se as conversas para colher os depoimentos de Sebastián. A partir daí começaria a entrevistar pessoas que poderiam contribuir para construir com mais detalhes e outros pontos de vista a vida do escritor.

Lucía, Rodolfo e Laura, porém, haviam planejado esse encontro sabendo que dificilmente poderiam estar todos reunidos novamente. O médico de Sebastián havia telefonado algumas semanas antes avisando que a doença dele estava se aproximando da fase final. A metástase já havia se espalhado por vários órgãos e não havia mais qualquer opção de tratamento. Somente ações paliativas para diminuir as dores e proporcionar o conforto possível no pouco tempo de vida que lhe restava. Lucía achou melhor não contar nada a Elvira, para poupá-la, e nem a Ernesto, que fatalmente deixaria transparecer sua tristeza. Também Sebastián ignorava o verdadeiro estágio da doença. Sabia apenas da impossibilidade de ser curado. A saúde de Sebastián havia sido o verdadeiro motivo da visita da Laura a Montevidéu. E a astúcia de Lucía, que aproveitou a viagem para promover o encontro com Ana Maria, deu mais veracidade à vinda dela da Espanha.

Rodolfo, que se ocupava para que ninguém ficasse de taça vazia, observava de relance sua mulher. Lucía, sempre firme e reservada para externar seus sentimentos, olhava o tio de uma forma diferente da habitual e permanecia por alguns momentos fitando-o disfarçadamente. Sebastián, como sempre no centro das conversas, cruzou por um momento com o olhar da sobrinha e os dois se encararam. Sebastián sorriu, piscou e lhe mandou um beijo. E sem que os outros percebessem, gesticulou com a boca: 'Te quiero'.

Sem conseguir conter a emoção, Lucía levantou-se bruscamente e saiu da sala. Rodolfo foi atrás dela e a encontrou no quarto chorando descontroladamente.

— Não vou conseguir viver sem ele.

Rodolfo a abraçou e também começou a chorar. A partida de Sebastián não lhes deixaria apenas saudades. Por décadas os três compartilhavam uma mesma vida e seria como se um pedaço deles fosse desaparecer. Apesar de saberem há muito tempo que isso iria ocorrer, a proximidade do momento final os deixara desestruturados. Permaneceram alguns minutos abraçados, até que Rodolfo sugeriu:

— Vamos?

Já no hotel, Elvira pediu a Ernesto que a acompanhasse até seu quarto para conversarem. No dia seguinte cada um voltaria a seu país e tinha algumas dúvidas que queria dividir com ele. Quando ficaram a sós, Ernesto disparou:

— Querida Vira, quando você acabou de falar por um momento achei que ele fosse te beijar na boca.

Elvira sorriu e confessou que isso também lhe passara pela cabeça, mas preferiu não avançar nessa conversa. Tinha um tema mais urgente para tratar.

— Ernesto, perdi totalmente as condições para escrever a biografia de Sebastián. Fui seduzida pela sua história. Até mesmo suas fraquezas e seus erros hoje vejo como consequências naturais de uma vida voltada a viver intensamente cada momento. Não vou conseguir ser imparcial.

— Eu sabia que você estava apaixonada por ele, observou Ernesto.

— Não é uma paixão por ele, como homem. Estou apaixonada pela sua história, pelo seu jeito de ver e de viver as coisas, mesmo nos momentos em que ele foi covarde e cruel, como na relação com Ana Maria. Do jeito que estou envolvida, vou acabar escrevendo um texto tendencioso. E quanto mais parcial eu for, mais estarei traindo a confiança dele ao me convidar para este trabalho.

— Querida, se não conseguir escrever uma biografia isenta, pode se transformar num belo livro testemunhal. "Como fui seduzida por Sebastián F. Milies". Aposto que se você conseguir se livrar de teus bloqueios e expuser com franqueza o processo que te levou a se apaixonar por ele — quero dizer, pela vida dele — o livro vai ser um sucesso. E se aceitar que essa paixão também é dedicada ao homem Sebastián, o livro vai assumir uma dimensão ainda maior. Você não imagina quantas mulheres — e homens — dariam tudo para estar no teu lugar, usufruir da intimidade de Sebastián e poder bisbilhotar todos os seus segredos.

Mais uma vez Elvira não conseguiu discernir se Ernesto falava sério ou estava sendo irônico. Tentou definir pela expressão do amigo qual seria seu real intento com aquela frase, mas Ernesto continuou olhando para ela impassível.

— Quem se interessaria pela minha história, Ernesto? Todos querem saber sobre a vida de Sebastián, suas conquistas, suas fraquezas, suas inspirações.

— Não seria a tua história, Vira. Continuaria sendo a história dele, mas numa visão muito mais rica. Seria um relato parcial, totalmente tendencioso, apaixonado, que detalharia o processo do encantamento na ótica do encantado. Você, querida, é um ser humano. E todo ser humano com um mínimo de sensibilidade não consegue ficar neutro em relação a um homem como Sebastián. Claro que existem os que o odeiam e esses, de qualquer forma, não leriam a biografia. Já a multidão que tem admiração por ele vai devorar teu livro, se identificar e invejar cada momento que você descrever, cada arrepio que você sentiu, cada vez que teu corpo umedeceu, do ponto de vista figurado, claro.

Elvira pensou em interromper o amigo com algum comentário racional, mas não encontrou o que dizer.

— E quer saber mais, amiga? Agora que tive essa espécie de epifania, estou começando a achar que uma biografia formal não faz o menor sentido. A história de Sebastián só pode ser contada com envolvimento, paixão. E para isso precisa ser escrita na primeira pessoa. Você vai representar todas as mulheres que ele seduziu, cheirou, amou, acariciou, traiu, abandonou.

Elvira começou a achar que a ideia do amigo fazia sentido. Por mais isenta que conseguisse se manter ao escrever a biografia, a figura de Sebastián não admitia imparcialidade. Todos os que o conheciam tomavam partido. Ele não deixava espaço para a indiferença.

— Mas como vou escrever com esse tom se nem eu mesma sei quais são meus sentimentos em relação a ele? — argumentou Elvira.

— Vira, estou me sentindo um analista tentando te ajudar a desvendar teus sentimentos. Você não está apaixonada pelo idoso Sebastián. Você deseja aquele homem que fez da sedução a sua cátedra, não para contabilizar as mulheres que conquistou, mas porque sentir e dar prazer é para ele a única forma possível de viver. O desejo sempre foi a sua energia vital. Ou você não ouviu tuas próprias palavras no almoço quando disse que gostaria de ter feito parte da vida dele? Para todos os que estávamos naquela mesa, inclusive para Sebastián, ficou claro que na realidade, você não estava se referindo ao papel de testemunha e sim ao de mulher-alvo de seu desejo e protagonista de vibrantes aventuras. Ou será que estou enganado? — desafiou Ernesto.

Elvira apenas sorriu. Sentiu-se um tanto envergonhada

por ter passado essa impressão, mas ao mesmo tempo percebeu que, na realidade, a frase de Ernesto traduzia muito melhor seu sentimento do que ela havia expressado.

— Ernesto, já que estamos nesta conversa tão íntima e o vinho ainda circula pelo meu cérebro, admito que várias vezes, sem querer, me imaginava vivendo as cenas que ele contava ter passado com as mulheres ou que descreveu em seus livros. Cheguei a comprar 'almidón' para lavar meus lençóis. E — que vergonha — fiquei com um tesão incrível só de sentir aquele cheiro rude.

— Viva, finalmente caiu a ficha e Lucía me deve uma caixa com doze garrafas do vinho à minha escolha.

— Como assim? — perguntou Elvira desentendida.

— No início das entrevistas Lucía e eu conversamos sobre a possibilidade de você acabar se envolvendo com Sebastián. Para Lucía, a diferença de idade entre vocês e tua postura séria, profissional, envergonhada impediria que sequer pensasse nessa possibilidade. Eu, que conheço teu ardente potencial adormecido, disse que fatalmente você sucumbiria em algum momento aos encantos de Sebastián. E resolvemos apostar uma caixa de vinho. Até agora Lucía se considerava vencedora e quando conversávamos me dizia que estava escolhendo uma marca não muito cara, pois sabia das minhas limitadas condições financeiras. Mas a partir de hoje ficou claro que eu ganhei a aposta e prometo que vamos tomar cada uma dessas garrafas juntos.

— Você nunca vai comentar com ela o que te disse hoje. Isso fica entre nós dois — protestou Elvira, irritada.

— Querida, eu não vou contar nada. Você é quem vai contar no livro — devolveu o amigo.

— Ernesto, deixa passar o efeito do vinho e eu voltar a São Paulo. A decisão não é nada simples. Não se trata apenas de uma mudança na abordagem. Você sabe como eu sou reservada, quase boba de tão tímida. Não me vejo revelando intimidades que muitas vezes nem consigo reconhecer em minhas conversas interiores. Quanto mais, expor tudo isso publicamente. Além disso, teria que conversar com o Rafa para que ele entenda esses estranhos sentimentos e não se sinta traído. E com o editor, que está bancando todos os gastos para que eu escreva uma biografia.

— Claro, amada. Você tem muito tempo para pensar, mas vou te dizer só mais uma coisa para te confundir mais um pouquinho. Se fizer esse livro testemunhal e se desnudar — metaforicamente — a história de vocês ficará interligada para sempre. Você será o *gran finale* da vida dele, a síntese de suas paixões e de suas conquistas. A conquista definitiva.

Elvira acordou bem mais cedo do que pretendia. Antes das seis da manhã já estava na cozinha passando o café. Rafa, com certeza, dormiria no mínimo mais três ou quatro horas. Os dois haviam ficado até tarde colocando a conversa em dia, ouvindo música e tomando vinho. Ela até imaginara – e provavelmente ele também – que transariam antes de dormir e chegaram a ensaiar algumas preliminares, mas o cansaço os fizera mudar de planos.

Sentou-se na sala e abriu a edição da Folha de S.Paulo no *ipad*. Fazia dias que não acompanhava as notícias do Brasil. Imaginou que seria um bom momento para se atualizar, mas não conseguiu se concentrar no que lia. Depois de algumas tentativas frustradas, desistiu. Pegou o celular e começou a ver as fotos que haviam tirado no almoço em Montevidéu. Abriu uma do grupo feita pelo churrasqueiro pouco antes de se despedirem. Começou a analisar a expressão de cada um e percebeu que ninguém sorria. Mesmo ela, que tinha uma pose ensaiada para fotos – o sorriso forçado mais semelhante a uma feição natural que conseguia fazer –, estava séria. Ernesto, habituado a exibir sua teatralidade nas fotos, dessa vez estava contido, como se lhe faltasse motivação para representar seu personagem. Lucía, Laura e Rodolfo estavam visivelmente tristes e enquanto todos olhavam para o improvisado fotógrafo, Lucía observava discretamente seu tio. Sebastián era o mais natural de todos, talvez porque normalmente aparecia com ar sóbrio em fotografias. Uma vez contara a Elvira que preferia ser retratado assim, porque embora considerasse seu bom humor uma virtude, não era de rir à toa. Transferiu aquela imagem ao computador para poder observar melhor as expressões e percebeu os olhos vermelhos de Lucía e Rodolfo. Laura era o retrato acabado da tristeza e Ernesto tinha a boca levemente arqueada, como se estivesse segurando o choro. "Foi um encontro muito intenso. Mexeu com todos", concluiu Elvira.

Sem perceber, havia passado quase dez minutos numa minuciosa contemplação. Ainda antes das sete da manhã, seu celular avisou a entrada de uma mensagem de WhatsApp. O recado era da Lucía: "Por favor, me liga quando acordar". Ligou imediatamente e quando Lucía atendeu, no lugar de sua voz sempre calorosa, ouviu apenas alguns soluços, entrecortados de segundos de silêncio. Em seguida ouviu Lucía pedindo baixinho a Rodolfo:

— Fala você.

Rodolfo tomou o aparelho e depois de um cumprimento protocolar contou que a saúde do Sebastián se agravara e segundo o médico o quadro era irreversível.

— Você pode vir a Montevidéu o mais rápido possível? Está sedado, mas tem alguns momentos de lucidez. Num deles pediu para se despedir de você.

— Claro, Rodolfo. Vou reservar no primeiro voo — disse Elvira.

Desligou o celular e começou a chorar. Desde o

começo do trabalho Lucía e Rodolfo haviam lhe contado sobre a gravidade da doença. Por mais que a notícia não fosse inesperada, o choque foi avassalador. Muito mais duro do que Elvira poderia supor. Rafael, que havia se levantado para tomar água, viu ela chorando aos soluços na sala e sentou-se ao seu lado.

— O que aconteceu?

— Sebastián está morrendo — respondeu, contendo o choro apenas o tempo suficiente para dizer essa frase.

Rafael a recostou em seu ombro e ficou acariciando seu cabelo. Pouco depois Elvira recebeu uma mensagem informando que havia lugar no voo das 12 horas. Ela conseguiria chegar a Montevidéu no meio da tarde.

— Se prepara, Elvira. Levo você ao aeroporto — disse Rafael.

Como sempre, Rodolfo a aguardava no hall do aeroporto de Carrasco. Os dois se abraçaram com força, como se naquele gesto procurassem dividir uma dor difícil de suportar individualmente.

— Podemos ir pela 'rambla'? — sugeriu Elvira.

O caminho era alguns minutos mais demorado, mas ela gostava muito desse percurso. Imaginou que talvez não retornasse tão cedo a Montevidéu e queria guardar na lembrança a imagem do Rio de la Plata dando-lhe as boas-vindas. Também teria um pouco mais de tempo para se preparar emocionalmente para o encontro com Sebastián e Lucía. Rodolfo interpretou corretamente seus pensamentos e lhe disse:

— O nosso sofrimento é muito grande, mas estamos todos preparados para este momento. Inclusive Sebastián. Vamos conseguir superar, nos apoiando uns nos outros. Você vai ver.

Elvira assentiu com a cabeça e fez um carinho de agradecimento na mão de Rodolfo. E pensou o quanto era próxima dessas pessoas que até um ano atrás sequer conhecia.

Muito antes de entrar nessa fase sem volta, Sebastián havia manifestado o desejo de passar os últimos dias em sua casa. O ambiente hospitalar sempre o incomodara. Também havia pedido que mantivessem no quarto uma cuia de chimarrão abastecida e que Lucía e Rodolfo tomassem mate quando estivessem por perto para sentir o cheiro da erva.

— O mate fez parte da trilha aromática da minha vida. Não vou abandoná-lo justamente no epílogo — explicara.

Quando chegaram, Lucía estava esperando na sala. As duas se abraçaram demoradamente.

— Chegou a hora. Vamos ter que aprender a viver sem ele — disse Lucía, com tristeza, mas se mantendo firme.

Elvira não conseguiu responder com palavras. Apenas concordou com a cabeça. Abraçou Lucía novamente e descarregou todo o choro que havia conseguido segurar durante a viagem. Depois de alguns minutos, quando sentiu que Elvira aliviara boa parte de sua tensão, Lucía a convidou para irem ao quarto de Sebastián.

— Vamos. Ele se nega a partir sem se despedir de você e de Laura.

Elvira respirou fundo, buscando força para enfrentar aquele último encontro. Parou na porta do quarto e observou a expressão serena de Sebastián. Estava adormecido pelo efeito dos sedativos que o impediam de sentir dor. Aproximou-se da cama e lhe pareceu notar um suave sorriso no rosto dele. Sebastián balbuciou algumas palavras que ela não conseguiu entender e aproximou seu ouvido da boca dele para tentar decifrar o que falava.

— 'Hola, mi niña' — disse, com muito esforço para pronunciar cada palavra.

Elvira segurou a mão de Sebastián e a acariciou com ternura. E assim permaneceram. Lucía e Rodolfo entraram no quarto alguns minutos depois e também se sentaram em volta do leito. No lugar de choro ou de silêncio, o casal começou a lembrar situações vividas com Sebastián. Aparentemente o relato era para Elvira, mas na realidade queriam que Sebastián partisse com a lembrança de momentos que faziam parte do folclore familiar.

— Lucía, você se lembra de quando ele resolveu entrar nu à noite na praia de Piriápolis e foi queimado por uma água-viva? Nós rindo e ele urrando de dor.

— Lembro bem. E de tanta vergonha, não quis ser examinado pelo médico.

Elvira, que continuava segurando a mão de Sebastián, sentiu – ou imaginou sentir – uma leve pressão. Será que estava ouvindo?

Lucía também recordou quando seu tio recebeu uma homenagem do Congresso Nacional em reconhecimento por sua obra e pela projeção alcançada no exterior, que repercutia favoravelmente para o Uruguai. Ele teria que discursar e as emissoras de televisão haviam se preparado para transmitir ao vivo a cerimônia. Para conter o nervosismo e espantar o frio, tomou algumas doses de conhaque antes de chegar ao parlamento. Logo depois de receber a homenagem, o presidente do Congresso lhe passou a palavra. Ele tirou do bolso o breve discurso que havia preparado, mas quando ia começar a ler, subiu-lhe uma incontrolável vontade de vomitar. Saiu apressado do púlpito e conseguiu chegar a um banheiro próximo ao plenário, usado pelos congressistas. Lucía e Rodolfo foram rapidamente atrás dele. Quando o alcançaram, Sebastián lhes contou que havia colocado o conhaque e todo o almoço pra fora. Não teria coragem de enfrentar novamente a plateia. Para justificar aquela abrupta saída à impaciente plateia, explicaram que Sebastián estava muito emocionado e não conseguiria falar. Coube a Rodolfo ler o discurso em seu lugar para uma audiência que demonstrou a decepção com tímidos aplausos e algumas vaias. Quando Lucía terminou o relato, Elvira novamente sentiu que os dedos de Sebastián se mexiam, como se a acariciassem suavemente. E teve certeza de que ele estava acompanhando a conversa.

Ao chegar, Laura se dirigiu à cama de Sebastián e lhe deu um demorado beijo na testa. Ficou olhando o rosto do amigo por algum tempo, com uma ternura que emocionou os três. "Quantas lembranças devem estar passando pela cabeça dela", imaginou Elvira. Se para ela, que entrara na vida de Sebastián fazia pouco tempo, era difícil enfrentar aquela situação, como deveria ser triste para uma amiga de tantos anos e tantas histórias compartilhadas.

Pouco depois da chegada de Laura, Sebastián deu um suspiro que seria imperceptível não fosse o silêncio reinante no quarto. E aquele foi seu último gesto. Laura e Elvira, cada uma segurando uma das mãos de Sebastián, sentiram, ao mesmo tempo, uma mudança na textura da pele dele. Parecia mais rígida, fria.

Aquela partida havia sido tão sentida antes pelos quatro que quando aconteceu a reação foi natural. Não houve choro e nem desespero. Apenas resignação. Rodolfo foi até a sala e telefonou ao médico para pedir que tomasse as providências formais. Laura, sem tirar os olhos do amigo, quebrou o silêncio com sua habitual irreverência:

— Esse danado é charmoso mesmo morto — Lucía e Elvira concordaram e sorriram.

Pouco depois chegou Ernesto. Lucía havia telefonado a ele quando Elvira desembarcara em Carrasco. Ele viera de Buenos Aires o mais rápido que conseguiu. Lucía planejou os horários para atender o desejo de Sebastián de estar acompanhado em seus últimos momentos apenas pelos quatro, mas sentiu-se na obrigação de informar também Ernesto sobre o quadro irreversível do tio. Sabia que ele não chegaria a tempo, mas também não se sentiria excluído.

Os cinco foram à sala e concordaram que tomar um cálice de vinho do Porto seria a melhor maneira de homenagear Sebastián. Brindaram em silêncio, apenas encostando os copos, cada um mergulhado em suas tristezas. Lucía segurou na mão de Elvira e com um gesto discreto a convidou a segui-la até o escritório.

— Elvira, estas foram as últimas palavras escritas por Sebastián. Ele pediu para te entregar este envelope assim que partisse e me fez prometer que somente você leria. Cumpro com lealdade mais esta missão passada por ele. A última.

Ao lhe entregar o envelope, Lucía sugeriu que Elvira não comentasse sobre ele com ninguém, nem mesmo com Ernesto. Assim evitaria pressões que poderiam levá-la a descumprir o pedido feito por Sebastián. Elvira concordou e colocou o envelope no bolso interno do casaco.

Ansiosa para ler o que Sebastián havia escrito, alegou que queria passar no hotel para tomar um banho e trocar de roupa. Havia saído de São Paulo antes do almoço e precisava se recompor para passarem a noite juntos, em vigília, como combinaram. Rodolfo se ofereceu para levá-la, mas ela recusou. Ele precisava cuidar de muitos trâmites.

A notícia se espalhou rapidamente e o telefone não parava de tocar. Sem combinarem, Ernesto assumiu com presteza a tarefa de atender as ligações.

— Sim, infelizmente é verdade. Oportunamente a família informará sobre as cerimônias de sepultamento. Quem sou? Um amigo muito próximo da família. Claro, darei seu recado a Lucía e Rodolfo.

Cada ligação era registrada no caderno encontrado por Ernesto ao lado da mesa do telefone, com horário, número para retorno e recado. Vendo o amigo concentrado nessa função, Elvira decidiu sair discretamente.

Antes de deixar a casa, parou na sala principal, onde Rodolfo tocava no piano alguns acordes aleatórios, como se quisesse criar um fundo musical para o epílogo de Sebastián. Aquelas notas desconexas desembocaram no tango *Adiós Muchachos*. Lucía dividia a banqueta com o marido e recostava a cabeça em seu ombro. Laura, numa poltrona ao lado, chorava baixinho. Escândalo não combina com os uruguaios. Elvira apressou-se a sair. Imaginou que se ficasse ali mais algum tempo seu coração explodiria de emoção e de tristeza. Como amava essas pessoas. Como amava Sebastián.

Por ser cliente assídua, na recepção do hotel lhe entregaram a chave do apartamento, alguns exemplares de jornal que haviam chegado em seu nome e disseram que poderia fazer o *check-in* mais tarde, depois de instalada. Subiu a seu apartamento e largou a mala no meio da saleta. Tirou o envelope do bolso e sentou-se na cama para ler. Estava escrito à mão, numa letra não muito firme, mas legível.

O Tempo e o Destino
se encontraram num boteco de Ciudad Vieja,
escuro, com cheiro de mostarda e de cerveja
ressecada.
Com cara de poucos amigos,

*o Destino bebeu um gole de grapa
(talvez para ganhar coragem)
e interpelou o Tempo:
"Como você se atreve
a cometer tamanho desatino?
Que falta de sincronia
e de atenção;
quanta maldade!"
E continuou o Destino, descarregando
sua raiva:
"Planejei cada detalhe,
estudei suas vontades e medos,
seus mais recônditos desejos,
– muitos nem eles conheciam –
até se encontrarem 'ao acaso'.
E vindos de vidas distantes,
logo notaram seus laços.
Mas você, insensível tirano,
Estragou todos meus planos.
Eu os queria unir
numa nuvem sem tormentos,
de paixão, amor, ternura,
cumplicidade, desejos,
mas me deparei com esse lapso,
um primário erro de cálculo.
"Quem te ensinou a fazer contas?"
indagou, com indisfarçada ironia.
"Com sua maldita arrogância
colocou entre eles
o mais rigoroso obstáculo
que é o abismo do tempo,
a distância das idades.
Tão próximos e impiedosamente afastados...
Se não fosses intocável*

te aboliria para sempre,
te destituiria das tuas funções e
tomaria para mim o teu poder soberano.
Você é perverso, ardiloso, irresponsável",
concluiu o Destino,
extenuado em sua ira impotente.
"Calma, não se irrite", respondeu sorrindo o
Tempo
depois de ouvir pacientemente
a revolta do Destino.
"Meu tempo transcorre
num compasso diferente.
Não é medido em horas,
anos ou décadas.
Nem mesmo no tempo de uma vida.
Meu tempo é o tempo da alma.
Eterno, etéreo, permanente.
E nesse verdadeiro tempo
os teus e os meus planos
se completam plenamente.
Não se preocupe, nem se irrite.
Por mais que não aparente,
sou teu servo obediente.
E tenho a humilde consciência, garanto,
que o Destino é senhor do Tempo".

(Para Elvira, sem data)

Esclarecimento: trata-se de uma obra de ficção. As situações envolvendo pessoas reais foram criadas pelo autor, não guardando, portanto, qualquer relação com a realidade.

Agradecimentos

Aos queridos amigos Katia Militello e Ricardo Carvalho Couto pela leitura atenta. À Silvia Angerami, da Reality Books, pela parceria profissional, carinhosa e entusiasmada. À Regina Pedro, pela sensibilidade no design e pela paciência com minhas solicitações. À Fabiana Sant'Ana, parceira de sempre, pelo trabalho de finalização. Ao editor Rodrigo de Faria e Silva, pelas ótimas observações, prontamente incorporadas no texto. E à Estela, minha companheira e cúmplice da vida, por ter dividido comigo as emoções que o livro despertou ao longo de sua gestação.

© 2021 Simon Widman

Rodrigo de Faria e Silva | *editor*
Silvia Regina Angerami (Reality books)
e Sílvia Prevideli | *revisão*
Regina Pedro | *arte e diagramação*
Graziella Narcisi | *capa*
Fabiana Sant'Ana | *finalização*

Dados internacionais para catalogação (CIP)

Widman, Simon;
Madrid com D
Simon Widman, – São Paulo: Faria e Silva
Editora, 2021
248 p.

ISBN 978-65-89573-53-1

1. Romance Brasileiro

CDD B869.3
CDD B869

www.fariaesilva.com.br
Rua Oliveira Dias, 330
01433-030 São Paulo SP

Este livro foi composto nas fontes Sabon e Special Elite e impresso em papel off white 80g na gráfica Docuprint. São Paulo, setembro de 2021